Son fils

DE LA MÊME AUTEURE

Le Rendez-vous, *Plon, 1995 ; Pocket, 1996*
Rien de grave, *Stock, 2004 ; Le Livre de Poche, 2005*
Mauvaise fille, *Stock, 2009 ; Le Livre de Poche, 2011*
La Gaieté, *Stock, 2015 ; Le Livre de Poche, 2016*
Histoires de famille, *Flammarion, 2019*

Justine Lévy

Son fils

roman

Stock

Photo de bande : *Graziella*, 1926/
Collection Christophel

ISBN 978-2-234-08323-3

Extraits du journal d'Euphrasie Artaud

1920

Et voilà, Antonin est parti. Marseille-Paris, en train, ce matin. Son père l'a accompagné : un tel départ, une installation pareille, ça ne s'improvise pas.

J'ai pleuré, bien sûr. À vingt-trois ans et demi, un petit garçon reste un petit garçon. Son sourire confiant par la fenêtre du wagon. Il me faisait au revoir au revoir en agitant ses souliers qu'il avait ôtés pour être plus à l'aise et peut-être pour me faire rire, il avait l'air content. Il a tant de choses à découvrir mon Nanaqui, à accomplir, un destin. Je lui ai caché mes larmes, je veux lui laisser croire que tout se passera bien.

*

Oui, tout va bien se passer. Nous lui avons inculqué de bonnes valeurs familiales et catholiques. Et puis il est beau, et tellement intelligent, passionné, sensible. Contrairement à ce que croit son père, ce n'est pas parce qu'il n'est qu'à demi bachelier que ses chances de succès littéraire et artistique sont compromises. Je suis là, moi. Et puis, il y a cette pension que je vais lui envoyer tous les mois et qui le dispensera de devoir travailler pour gagner de l'argent. Alors. Tout ira bien.

*

En montant ranger sa chambre (quel désordre !), j'ai vu qu'Antonin avait oublié dans un tiroir une partie de ses médicaments contre la douleur et la mélancolie. Ce n'est pas grave. Je les lui garde, ils serviront à son retour.

*

Je parle aux amies, aux voisines, partout, du « retour » de Nanaqui. Mais quel retour ? Je parle des petites vacances, des longs week-ends, des moments où nous lui manquerons et où il viendra nous embrasser. Je sais bien qu'il ne reviendra pas vraiment, je ne suis pas sotte, une mère n'élève pas ses enfants pour les garder pour elle toute seule. Il a quitté le nid. Il croit qu'il peut se passer de moi. C'est bien, oui, c'est très bien.

De toute façon, le bon docteur Toulouse prendra mon relais, à Paris, sur le plan du laudanum. Nous l'avons prévenu, il sait qu'Antonin en a besoin, en grandes quantités. C'est merveilleux, la médecine. Dès la première prise, l'année dernière (je m'en souviens très bien, c'était un mardi, j'avais dû faire la queue un bon moment, à la pharmacie, j'avais peur de me tromper en comptant les gouttes, trop ou trop peu, le docteur Dardel m'avait mise en garde, attention : dosage à respecter scrupuleusement et ma main tremblait un peu), dès la première prise, donc, j'ai vu mon Antonin apaisé, désencoléré, il n'avait plus mal à la tête, aux os, aux yeux, aux articulations, il était comme sorti d'enfer. Et moi aussi par la même occasion : retrouver un fils gentil, sociable, la parole claire, les pensées désengourdies, oui, je peux le dire, les drogues l'ont rendu à la vie, à lui-même, à moi – et, moi aussi, je revis. Antoine-Roi, en revanche, nous a fait une scène terrible. Il est vieux jeu, finalement. Ils ne sont plus très nombreux les pères qui croient que les drogues sont pour les dépravés, les trop voluptueux, les vicieux. Et puis, il est si rigide, il n'a pas accepté non plus qu'Antonin refuse de faire carrière dans le commerce maritime, comme lui, et son grand-père avant lui. Mon fils est un artiste.

*

Réalisé, ce matin, en me réveillant, que, pendant que ses camarades étaient mobilisés et partaient à la guerre, c'est sa neurasthénie qui a permis à Antonin d'être réformé. Elle lui a donc, qui sait ? sauvé la vie. Je me souviens de son premier devoir de philosophie, au collège du Sacré-Cœur, avant qu'il jette l'éponge : il avait cité une phrase de Blaise Pascal sur « le bon usage des maladies ». C'est ça.

*

La nouvelle loi sur la circulation des stupéfiants est une ignominie, Antonin est d'accord avec moi, il va écrire au législateur : pour qui réfléchit deux minutes, il vaut mieux être drogué et bien se porter, que pas drogué et envahi de tics nerveux, bruyants, de mouvements d'humeur impossibles, d'accès de sauvagerie. Ceux qui disent le contraire n'ont jamais eu mal, vraiment mal, la douleur qui empêche de penser à autre chose, de passer le bachot, d'avoir des rapports normaux avec ses camarades, tout.

*

Antonin fait de menus travaux de secrétariat pour le docteur Toulouse, et il a publié plusieurs merveilleux petits poèmes dans la revue qu'il dirige. Bon, c'est une revue essentiellement médicale, mais c'est déjà très bien. Plus tard, il sera Gérard de Nerval, il sera Baudelaire, il sera Edgar Poe.

*

Parfois, la filiation se fait par les mères. Surtout quand le père est absent, ou capitaine au long cours.

*

Mon Antonin a été pris dans une compagnie de théâtre modeste, d'abord comme souffleur, et puis maintenant il fait des apparitions sur scène, je suis sûre que c'est admirable, je suis sûre que son léger bégaiement s'est grandement atténué, j'ai tellement hâte de pouvoir aller l'applaudir. Il dit qu'il n'ose pas encore m'inviter : j'attends. Marseille me pèse. La place d'une mère est aux côtés de son fils.

1921

Cette Génica. Un accent roumain à préférer être sourd, un visage laiteux, et grande comme un cheval, bon, après tout ce n'est pas à moi qu'elle est censée plaire. Mais tout de même. Enfin il me l'a décrite comme quelqu'un de simple et d'équilibré, elle semble être une bonne fille, gentille, enthousiaste.

1922

Je suis extrêmement inquiète. Les douleurs d'Antonin ont repris de plus belle. Il m'écrit qu'il a augmenté les doses de laudanum et qu'il y ajoute à présent des piqûres de bromure. Il ne vit plus chez le docteur Toulouse mais dans une petite chambre que je n'ai pas encore pu visiter, qui ne doit pas être bien tenue. Être si loin me rend malade.

1924

Antoine-Roi est mort la semaine dernière. Demain, je m'installe à Paris, vivre près de Nanaqui. Tout ça a trop duré. De toute façon, il ne voulait que moi auprès de lui, déjà. Le pauvre infirmier que j'avais embauché, à grands frais, quand il avait quinze ans et qu'il se plaignait des mères, ah non, des nerfs, ce pauvre Tristan, donc, il l'a chassé à coups de cailloux.

1927

Avec Marie-Ange et Fernand, nous sommes allés en famille voir Antonin au cinéma dans un film de monsieur Abel Gance. Il y tient un tout petit rôle, celui de Marat si j'ai bien compris. Je l'aurais bien vu en Napoléon à la place de cet Albert Dieudonné, mais bon, le film a été très applaudi, tout le monde est d'accord pour dire qu'on ne voit que lui, mon Nanaqui, et je gage que ce n'est qu'un début.

1930

Une grue, une cocotte qui se prend pour une poétesse, voilà ce qu'elle est, voilà ce qu'elles sont toutes ! Je ne supporterais pas qu'il l'épouse, ni qu'il en épouse une autre d'ailleurs. Personne ne le comprend comme moi, personne ne l'aime par cœur comme moi. J'ai toujours été là pour lui. Celle qui n'a pas compris sa douleur ne peut pas prétendre l'aimer. C'est mon Antonin, le mien, à moi, et s'il n'est pas à moi alors il n'est à personne, ah voilà que moi aussi je deviens folle de douleur, pourquoi un fils doit-il partir, quitter sa mère, personne ne sait le soigner comme elle, comme moi, comme une mère, personne n'a besoin de lui comme moi, ni de moi comme lui, personne ne me volera mon Antonin.

*

Au fond, ce dont j'ai horreur, ce sont les femmes. Pas les mères, non, les mères n'ont rien à voir, les mères ne sont pas des femmes, elles sont beaucoup plus fortes. Plus fortes que les amantes, les épouses, les maîtresses, les gourgandines, les poisons. (Je ne comprends même pas comment un fils peut préférer une femme à sa mère.) Je devrais la signaler, cette Janine qui tournicote encore autour de lui. Je dois en parler au docteur Toulouse. Le mettre en garde. Lui dire ce que j'ai vu et ce que je sais. Il comprendra. Et Antonin l'écoutera sûrement, lui.

1931

Ma voisine m'a dit une fois que le seul traitement qui existe pour ce dont souffrent « ces malheureux », comme elle les appelle, les neurasthéniques, les dépressifs, les mélancoliques, c'est la stérilisation. De toute façon, je suis tranquille : mon Antonin n'aime pas faire la Chose. Je crois d'ailleurs qu'il ne l'a jamais faite. Il ne me l'a pas dit mais je le sais, une mère sait cela, à une mère on ne ment pas. L'acte lui répugne. Comme il me répugne à moi, d'ailleurs. Le péché d'Adam et Ève, ce n'est pas la pomme, pauvre petite pomme, non, c'est la Chose. Mon Antonin est chaste, c'est un ascète, un esprit pur. Il hait son corps. Et celui des autres. Son corps le gêne, ses organes le dégoûtent. Il a souffert en naissant. Jamais, au grand jamais, un bébé n'a tant hurlé d'être séparé de sa mère. En tout cas aucun de mes huit autres enfants.

*

Une fois, Antonin m'a dit qu'il était enterré dans son corps. C'est bizarre comme mots, mais c'est les siens. Enterré dans son corps qui le torture à chaque instant de la vie, voilà exactement ce qu'il a dit, je l'ai tout de suite noté sur mon carnet, je suis sûre de ne pas m'être trompée. Il n'y a qu'à le voir, tourmenté, dévoré, supplicié, obligé depuis l'adolescence de se droguer pour faire passer le corps au deuxième plan. Comme moi, au fond. Toutes ces bonnes femmes me relèguent au second plan. Elles ont tort. Car la seule qui lui ressemble, c'est moi. Mais je ne vais pas me laisser faire. Ah non ! Si elles croient que ça va se passer comme ça ! Non. Ah, mon Dieu, non.

*

Arrivera bien un jour, avec les progrès de la science et l'aide de Dieu, où les corps seront propres, nets, sans odeurs, sans suées, sans organes, sans scories et sans poussière – et où on pourra tout faire sans faire l'acte, même la procréation. Et alors adieu, les Janine, les Alexandra, les Juliette, les Génica, les Yvonne, adieu les poules.

1933

Antonin m'écrit de la Colombe d'Or, à Saint-Paul-de-Vence, où il tente une énième fois, et par ses propres moyens, de se désintoxiquer du laudanum (on dit opium, à présent, il paraît que c'est une drogue très en vogue). Il aurait pu venir à Marseille, tout de même.

1934

Il est rentré d'Afrique. L'Algérie, exactement. À la trace, je l'ai suivi ! Il était parti tourner dans un film et, au lieu de passer voir et embrasser sa mère, comme un bon fils le fait quand il rentre d'un voyage en terre lointaine, au lieu de me montrer sa nouvelle barbe et son teint hâlé, on me dit qu'il est allé directement, et sur une intuition subite, sauver un peintre qui faisait une mauvaise réaction au laudanum. Décidément ! Balthus, il s'appelle, celui-là. Il habite rue de Furstemberg. Il paraît qu'ils se ressemblent comme deux gouttes d'eau, on les dit presque jumeaux, et la prescience de mon fils a stupéfié tout le monde.

*

La Roumaine, Génica, ça passait encore. Un peu coquette, un peu actrice, mais ça allait. Et puis, il était, ils étaient tous deux si jeunes, si purs – ils ont même jeté des boules puantes en pleine représentation de *Victor ou les Enfants au pouvoir* – ce qui n'est pas précisément un comportement de futurs mari et femme. Ça m'avait rassurée.

Pour Anie, je n'ai rien dit non plus. Je pense que c'est surtout elle qui est après lui. Je doute fort que ce soit réciproque, elle est courtaude, quasi bossue, elle n'a vraiment rien qui puisse attirer un homme, mon petit homme, mon bébé d'homme, mon Nanaqui.

Mais cette abominable Nin ! Ce poison lubrique ! Cette roulure qui lui donne à lire ses manuscrits abjects et incestueux ! qui subventionne ses lubies théâtrales avec l'argent de ses amants et qui lui met dans la tête des idées abominables de luxure et de perversion ! J'ai lu un billet qu'il gardait en poche et qui est tombé de son pantalon, dans lequel elle lui écrit qu'il la hante, qu'il la fascine, qu'il l'émerveille, qu'il est « celui qui fore des mondes et découvre des planètes inconnues ». Et elle signe « Votre prêtresse des Incas ». De quoi je me mêle ? Qu'est-ce qu'elle connaît aux Incas ? Ah, j'en rirais, si je savais encore rire.

*

Comment dit-on déjà ? Péter plus haut qu'on a le derrière ? Au moins, Génica, elle, ne se prenait pas pour une intellectuelle ou je ne sais quoi. Une actrice, ça annonce la couleur. Alors que cette Nin... Oui, aujourd'hui je suis en colère. Antonin a reporté notre déjeuner parce qu'il passe son dimanche avec elle.

*

J'ai appris que la Nin appelle, se permet d'appeler, mon Antonin « Nanaqui ». J'en pleurerais.

1935

On me parle d'une certaine Cécile, une Belge très bourgeoise, très jeune et très blonde. J'ai entendu le mot fiançailles. Aïe. J'espère qu'elle ne croit pas l'attachement d'Antonin durable ni même sérieux, la pauvrette. Antonin est un charmeur. Mais je sais, moi, que ça n'ira pas loin, qu'il n'a pas besoin d'une femme, il a tout ce qu'il faut comme ça, les femmes confondent la bestialité et l'amour, la fornication et la tendresse, les paroles et les actes. Mais les femmes c'est l'enfer. Les hommes ont besoin de quelqu'un qui prenne soin d'eux, les hommes ont besoin d'un ange, d'un coin de paradis, les hommes ont besoin d'une mère, un point c'est tout. Voilà ce que la vie m'a appris. Ils ont besoin d'une mère, et d'un animal de compagnie. Un chien, lui, est loyal. Un chien, lui, ne ment pas.

*

Quelqu'un m'a dit quelque chose que je ne devrais pas savoir mais c'est trop tard, je le sais, tant pis : quand mon fils partage le lit de cette Cécile, il place toujours un objet, une pierre, un livre, un vase entre eux deux pour ne pas que leurs corps se touchent pendant la nuit. Parfois, quand il y a des coussins, c'est des coussins qu'il met. Une montagne de coussins. La plus haute possible, la montagne. Et alors, il dort.

1936

Antonin dit de moi, à Paris, à ses amis acteurs, gens de cinéma, poètes surréalistes, que je suis une princesse. Une princesse kurde. Une princesse levantine. C'est toujours mieux qu'une princesse inca !

Antonin m'a écrit avant de prendre le transatlantique. Il part de toute urgence au Mexique, à la recherche d'un cactus qui, m'assure-t-il, va nous changer la vie. Un cactus ? Je m'inquiète un peu. Et puis ce matin, une nouvelle carte arrive, de Veracruz, la vraie croix, c'est pas un cactus, c'est la vraie Croix qu'il est allé chercher, ha, ha, si seulement !

« Je vais très bien », m'écrit-il, en lettres majuscules, souligné trois fois. Ça sent les nerfs, ça. Ça sent l'exaltation. D'ailleurs au début j'ai lu « je vais très mal ».

Bon. Il est parti chercher un endroit neuf, un endroit intact, sans médecin et sans maladie, sans psychiatre et sans douleur, sans peur, sans rien de moderne, sans ces femmes qui le persécutent, sans chute d'âme, il est parti chercher un monde fait pour lui. Sans moi ? Je sais bien, moi, qu'il ne le trouvera pas.

*

Quelqu'un me dit que, s'il est parti au Mexique, c'est pour y renaître. Je ne comprends pas.

*

Je suis indignée. Inquiète, mais surtout indignée. Cette histoire de « renaître » m'offense.

*

Il m'écrit du Café Paris, à Mexico. Il me dit que c'est une mission de la plus haute importance, que lui a confiée le ministère de l'Éducation nationale.

Mon Nanaqui. Je suis si fière de lui, tout à coup. Et puis, pour une fois, il m'explique. Il m'écrit qu'il veut sauver la culture des Indiens mexicains. Mais là où ça se complique, c'est qu'eux ne veulent pas être sauvés.

L'autre problème c'est qu'il est contre le progrès, ou plutôt il est pour le progrès mais un progrès vers le passé. Il rature beaucoup. Il souligne. Il se gronde. Il me gronde. Le vieux monde est perdu, me dit-il, et c'est ma faute. Tout est ma faute. Toujours.

Mais il m'écrit. Ça au moins ça me fait plaisir. Et puis il a l'air de fréquenter des gens bien, des diplomates, des professeurs, des écrivains. Et ils le logent, d'après ce que j'ai compris. On est loin de ce peintre de la rue de Furstemberg. J'aime savoir mon Nanaqui en de bonnes mains. Je voudrais ne pas m'en faire, mais je m'en fais quand même un peu, je me fais du souci. Je comprends qu'il prononce aussi des conférences. C'est une bonne chose. Ça le stabilise. Il est un si bon orateur. Il aurait pu faire de la politique. À Marseille. Et même à Paris.

*

Les Tarahumaras, les Tarahu, les Taruru, les Tarara, ouh là là, je ne sais pas comment s'appellent ces gens, je ne retrouve pas la lettre qui les mentionne, et personne autour de moi n'a entendu parler de cette population. Ils pensent sans doute qu'Antonin se moque de moi, quand il m'écrit qu'il est chez eux. Mais pourquoi se moquerait-il de moi ? Pas son genre.

*

Mon Dieu ! Il semblerait, d'après Balthus qui le tiendrait de gens vivant à Mexico, et qui en parleraient à tout le monde autour d'eux, et c'est arrivé aux oreilles de Marie-Ange, que mon pauvre Antonin a souffert d'une telle abominable dysenterie en allant visiter les Indiens Tarahumachins du Mexique qu'il a dû être attaché à son cheval – il n'avait plus assez de force pour tenir tout seul. Ce devait être une rencontre de première importance ! D'autant que, toujours d'après les mêmes sources, Antonin était magnifiquement vêtu du pantalon en flanelle de son père. Je ne savais pas qu'il l'avait emporté. C'est bon signe. Sauf qu'on me dit aussi que le pantalon aurait disparu, une nuit, pendant son sommeil. Pauvre Antoine-Roi. Voilà tout ce qui reste de lui. Une flanelle. Une culotte perdue.

*

J'ai des détails, et je suis en colère. Ce petit sot d'Antonin aurait été victime d'une surconsommation de champignons qui donnent des hallucinations. Voilà ce que c'est de se prendre pour un aventurier, quand on a l'estomac fragile.

*

Reçu ce matin une longue lettre alambiquée, dans laquelle il me supplie (mais est-ce vraiment à moi qu'il s'adresse ?) de surtout surtout n'en parler à personne : la vie primitive, m'écrit-il, ce n'est finalement pas chez les Indiens Tahamuratas qu'elle est cachée.

Il va rentrer du Mexique et il ira bientôt chez les druides gaéliques, voir si elle y est davantage.

Et si elle n'y est pas non plus, eh bien au moins ce sera clair : c'est que ni lui ni personne ne la trouvera jamais sur cette Terre.

Car il m'écrit qu'elle n'est pas non plus dans les arts et chez les artistes.

Alors qu'il va la chercher en lui, au plus profond de lui. Personnellement, je crois que ça ne donnera rien. Je ne le lui dirai jamais comme ça, bien sûr. Mais je sais, moi, que c'est trop tard. La vie primitive d'un homme est dans le ventre de sa mère, un point c'est tout.

*

Et ses douleurs ? Il ne me dit rien de ses douleurs.

*

D'après les informations, il devrait être rentré. Mais il était censé remettre un manuscrit sur son voyage à Jean Paulhan qui, comme moi, est sans nouvelles. Cela m'effraie un peu (où est-il ?) et me rassure en même temps (il n'est pas fâché contre moi).

*

Après tout, Antonin est un grand garçon. Il sait où et comment me trouver. Viendra bien le moment où je lui manquerai. Ou alors c'est l'argent qui lui manquera. Et voilà, il réapparaîtra.

*

Robert Desnos est contrarié : Antonin avait promis de travailler sur un film avec lui, mais il n'est pas venu au rendez-vous. Et depuis, rien. C'est bizarre. Mais je me dis qu'il a bien le droit, après tout, de renoncer aux films qu'il ne veut pas faire. Il a sûrement ses raisons.

*

Ça fait longtemps maintenant. J'en perds l'appétit, le sommeil, la bonne humeur. Je ne comprends pas. Il a disparu, il s'est volatilisé, il est peut-être en danger, en souffrance, et personne ne m'aide. Alors j'ai mis ma timidité de côté. Et j'ai commencé à écrire à tout le monde, absolument tout le monde, même les gens que je ne connais que de nom mais dont je me dis qu'ils auraient pu être en contact avec lui. Je leur écris poliment, « j'ai l'honneur de vous prier de bien vouloir me donner, si vous en avez, des nouvelles de mon fils », etc. Et je reçois des réponses tous les jours, toutes plus farfelues les unes que les autres. On l'a vu ici. Là. Il serait passé par ici ou par là. On l'aurait croisé coupant et recoupant un jeu de tarot à l'entrée du métro Montparnasse ; aperçu fumant la pipe devant l'église Saint-Sulpice ; Untel aurait dîné avec lui et Manuel de Castro (qui c'est encore celui-là ?) rue Monge ; un autre m'assure l'avoir salué sur le seuil de la librairie Van den Berg boulevard du Montparnasse et l'aurait vu héler un taxi et « filer à Vincennes » ; il aurait laissé un mot à l'intention de sa sœur chez une certaine Marie Dubuc ; un autre jure qu'il était à une projection de *Pépé le Moko* vers la gare de l'Est ; un dénommé Toto Maeder (un plaisantin ?) m'écrit qu'il a vu Antonin dans un bordel, quelle horreur ; et Jacqueline Lamba, la femme d'André Breton, je ne savais même pas qu'il était marié, sous-entend que je devrais laisser mon fils tranquille. Voilà. C'est là que j'en suis. Misère.

1937

J'en ai assez de recevoir des lettres. Les gens racontent n'importe quoi, ils font les intéressants, les informés, ceux qui savent et qui complotent, ou bien ils trouvent amusant de se moquer de moi, et peut-être, à travers moi, d'Antonin. Tant de monde, tant d'amis, à en donner le tournis, et personne pour me dire où il est, ce qu'il fait, s'il va bien. Vœu de la nouvelle année : je n'écris plus à qui que ce soit, je reste sage, j'attends.

*

Ça ne va pas. Aujourd'hui, ça ne va pas du tout. Normalement, Antonin m'écrirait, me téléphonerait, m'apporterait des fleurs, s'inquiéterait pour moi, s'intéresserait à moi. Mon instinct de mère me dit qu'il lui est arrivé quelque chose. Si Antoine-Roi était là, s'il avait pris soin de ne pas attraper ce vilain cancer et de ne pas me laisser toute veuve, peut-être, peut-être qu'il aurait su m'aider.

*

Il serait passé chez Jean-Marie Conty. Je ne sais pas qui est ce Jean-Marie.

*

Victoire ! J'ai trouvé ce Jean-Marie Conty. Et il m'écrit qu'Antonin est chez Cécile Schramme !

*

Je sors de chez Cécile. Elle est effondrée. Elle n'a pas vu Antonin depuis qu'ils ont rompu, il y a quelques mois, au retour d'un voyage à Bruxelles au cours duquel Antonin se serait comporté de manière « déroutante » (ou peut-être est-ce « dégoûtante », mais la pauvrette reniflait sans cesse alors je ne comprenais pas tout). Et depuis, rien.

*

J'ai réfléchi et je suis sûre de moi : il est caché chez une femme. Cécile, ou Marie, ou Sonia, ou Jeanne, ou une sorcière quelconque qui le séquestre, le garde juste pour elle et ne veut pas le rendre. Elle le drogue, peut-être. Je ne vois que ça. Elles sont capables de tout.

*

« Te voilà devenue détective, ma chère maman », c'est ce qu'il me dirait, Nanaqui, s'il me voyait m'affairer comme ça. Et ça l'amuserait. Et voilà que cette pensée me fait de la peine. Et je pleure de plus belle.

*

Cela fait près d'un an maintenant qu'il est rentré du Mexique. Alors, hier, j'ai repris mes recherches et suis allée de nouveau à Saint-Germain-des-Prés, où je sais qu'il a ses habitudes.

Rue Mazarine, chez ses amis les Desnos, il n'y avait personne, et la gardienne revêche m'a presque chassée, je le signalerai à Nanaqui, tout de même, à l'occasion.

À l'hôtel de Nice, rue des Beaux-Arts, il est parfois enregistré sous un faux nom, mais lequel ?

Rue Visconti, rue Jacob, rue de Seine, rue Bonaparte, le Petit Saint-Benoît, le Relais de l'Odéon, j'aurais arpenté tout Paris si j'avais pu, si je n'étais pas si vieille, si abîmée, moi aussi, par toute cette souffrance accumulée.

Et puis je suis entrée dans les cafés de Montparnasse, le Select, le Dôme tout plein de monde, peut-être des amis d'Antonin ? Comment savoir ? Fume-cigarettes, élégants, éclats de voix, rires des femmes frivoles, deux hommes qui dorment, des Russes, un faux artiste qui m'a fixée d'un œil peu amène, une femme qui ressemblait à la Nin, des joueurs d'échecs, et puis une odeur écœurante d'alcool et de sueur. Je n'aime pas cet endroit, la Coupole, ses coquettes et ses farfadets, pas un de ces personnages n'arrive à la cheville de mon Antonin.

*

Ce n'est pas juste une question d'allure, mais Antonin c'est autre chose que ces margoulins ! C'est un être exceptionnel, un intellectuel, un acteur de cinéma, un garçon complet promis à un avenir glorieux. Il a simplement besoin que je le retrouve et que je reprenne un peu la main. Il n'est qu'un enfant, un enfant vieilli trop vite, avec des pensées qui ne sont pas de son âge. Il a toujours été au-dessus des autres, des contingences matérielles, des traîne-savates qui font commerce de leur souffrance, des faux écrivains, des acteurs arrivistes, heureusement que je suis là, je vais le retrouver, je ne vais plus le laisser, il y a des enfants qui ne grandissent pas, jamais, ce sont des poètes, mon fils est un poète, mon fils ne sait pas faire la cuisine, mon fils ne sait pas quand il a faim, quand il faut dormir, quand il fait froid, mon fils a besoin de moi, voilà. Je veux le retrouver pour adoucir ses journées, comme avant. Les lui rendre faciles, pour qu'il puisse se consacrer à son travail. Il n'a pas besoin d'aller chercher je ne sais quelle grue. Et ses douleurs ? Où il en est avec ses douleurs ?

*

Aujourd'hui encore, j'ai arpenté le quartier, j'ai parlé à des gens dont le visage me disait quelque chose, mais qui ont dû me prendre pour une folle. Ce que je suis. Folle d'inquiétude. A-t-on idée de laisser sa mère autant de temps sans nouvelles ? Pas même un télégramme, pas un pneumatique, pas un signe, rien. Où est-il ?

Mange-t-il ? Il a toujours été si gourmand. Où est donc passé mon Nanaqui ? Un an et demi maintenant, presque deux ans, que je cours les hôpitaux, les bars louches, les hôtels, les chambres de filles où il pourrait passer une nuit ou deux, mais pas d'Antonin, nulle part. J'en meurs. Je meurs. Jamais, quand Antoine-Roi partait en mer, pour ses longs voyages, ça ne m'a fait un tel effet.

*

Est-il seulement vivant ? Parfois, j'en doute. Et puis je croise un de ses amis, il me rassure.

*

Miracle. C'est un miracle, une apparition, un prodige et, en même temps, un cauchemar.

Je suis rue Caulaincourt. Je me dirige vers la place Blanche et le Cyrano, puis vers le théâtre de l'Atelier, loin, très loin de Saint-Germain-des-Prés. Et là, soudain, je le vois. Je mets un moment à le reconnaître. Mais c'est bien lui. Il est là, battant le pavé au milieu des filles et des souteneurs. Il commence à pleuvoir. Il est en haillons. Il n'y a pas d'autre mot, des haillons. Comment peut-on avoir laissé un fils bien élevé, distingué, et le retrouver dans cet accoutrement, avec une vilaine cape crottée, une corde à la place de la ceinture, les poches de pantalon retournées et des sandales toutes craquées ? D'un coup d'œil, je vois tout. Je vois comment, en à peine deux ans, mon enfant chéri s'est transformé. Je vois sa déchéance. Et, alors, je prends mon courage à deux mains et me précipite vers lui avec mes pauvres jambes variqueuses. Mais un homme va plus vite que moi. Il me dépasse. S'arrête devant Antonin qui le salue de son chapeau crevé (en haillons, mais toujours bien éduqué, et j'ai eu une petite bouffée d'orgueil). Et l'homme sort de sa poche quelques pièces qu'il jette dans le chapeau.

Un clochard. Un vagabond, mon fils. Je n'en crois pas mes yeux. Fou, à la limite, on s'y fait, on s'habitue, et puis on n'y peut rien. Mais clochard ! Clochard ? Je reste pétrifiée. L'odieux personnage veut déjà s'éloigner, Antonin le retient par la manche. Pas pour lui demander plus d'argent, heureusement. Mais, de là où je suis, je vois qu'il commence à lui parler, à lui réciter un poème je pense, avant de cracher trois fois par terre, comme un dément. L'homme se détache, gêné, et poursuit sa route de sale bonhomme sous les invectives de mon génie de fils.

Je ne peux plus bouger. Je suis pétrifiée. Statue de sel, je deviens, sous la pluie.

Une auto passe, qui m'éclabousse et me sort de mon hébétude. Quelqu'un d'autre, à présent, fait l'aumône à Antonin. Celui-ci a reculé sous le réverbère, sans doute pour ne pas se faire éclabousser lui aussi, et je vois mieux son visage creusé, sa mâchoire qui glisse de gauche à droite comme un train qui déraille, son air très exalté, ses cheveux trop longs et sales.

Je devrais être courageuse, aller le voir, lui demander ce qu'il fait là, lui dire de venir avec moi, de venir se changer, se laver, lui proposer de partager ma mansarde rue Guynemer. Est-ce que je ne l'ai pas louée pour lui depuis mon arrivée à Paris ? pour être près de lui ? Est-ce que ça ne fait pas des mois que j'attends ce moment, que je le cherche ? Je prendrais soin de lui, comme avant. Je le ferais manger. Je le laverais. Je le guérirais. Mais je ne suis pas courageuse. Je me sens dégoûtée, salie moi aussi, abîmée par cette vision. Et puis il y a une chose que je ne dirai à personne, jamais. Même ici, j'ai de la peine à l'écrire. Antonin m'a fait pitié. J'ai senti le feu de la honte me monter aux joues, un tremblement d'électricité m'est descendu le long des jambes quand j'ai vu qu'un autre élégant qui sortait du théâtre allait s'approcher de lui et peut-être lui donner encore une pièce. Et j'ai fait alors la chose la plus incompréhensible qui soit : j'ai tourné les talons, sans un mot, sans un cri, sans me manifester, rien, partie.

Un clochard. Un mendiant. Avec la pension que je lui accorde tous les mois, depuis qu'il a quitté Marseille, est-ce que ça ne devrait pas suffire ? La honte, alors, s'est un peu effacée. Et c'est la colère qui s'est engouffrée en moi. Elle s'est installée à la place de la stupeur. Peut-être qu'il joue, que c'est comme un rôle au théâtre ou au cinéma, que ça l'amuse, qu'il le fait exprès ? Mon Dieu ! Que dirait ce pauvre Antoine-Roi ? Et moi, se rend-il compte que je suis seule désormais et qu'il me fait une réputation ? Elle ne me quitte plus, la colère. J'aurais préféré, je crois, ne pas le retrouver, ou le retrouver dans les bras de la Nin, ou d'une femme des rues, c'est la même chose, mais pas ça, pas cette image de lui, pas ce spectacle de notre famille.

Je ne sais plus ce que j'écris, je ne sais pas à qui demander de l'aide, je ne sais même pas si quiconque peut encore l'aider, m'aider, il n'y a que moi, depuis toujours il n'y a que moi, mais je crois, pour la première fois, que je préférerais que quelqu'un d'autre s'en charge à ma place.

*

J'ai changé d'avis, ce matin. Je suis retournée voir sur son bout de trottoir, bien résolue à le raisonner. Mais j'ai trop attendu. Il a plu à verse, toute la nuit. Évidemment, il n'y était plus.

*

Oui, peut-être que je l'aime trop. Mais, franchement, même s'il faisait semblant et si c'était un truc de comédien, quelle mère réagirait autrement à ce spectacle d'avant-hier ?

Et puis, sur les neuf que j'ai eus, je n'en ai sauvé que trois. Alors, qu'est-ce que ça veut dire, aimer trop ? Une mère sent ces choses-là. Pas un père ? Justement non. Pas un père. Antoine-Roi était trop dur. Trop autoritaire. Et si absent, aussi. Aucune affection. Peut-être même de l'animosité, je n'arrive pas à savoir. C'est leur secret à tous les deux. Et c'est la seule chose qu'une mère ne sent pas toujours. Est-ce que ça a eu une incidence ? J'étais là, bien sûr, moi. Je l'aimais pour deux, pour mille, il n'a manqué de rien, je ne comprends pas.

*

J'ai récupéré Nanaqui. Il est avec moi, rue Guynemer. Je lui ai coupé les cheveux. C'est mieux ainsi. Il se repose.

*

Il avait quatre ans et demi quand ses maux de tête l'ont fait voir double. On a dit méningite, on a dit chute, on a dit n'importe quoi, on ne savait pas. Électricité pour le soigner. La machine que s'est procurée Antoine-Roi, et qui transmet l'électricité par des électrodes fixées sur le crâne. La faute, alors, à Antoine-Roi ? à sa brutalité ? Oui. Mais j'aurais dû m'opposer, faire valoir ma volonté, ma connaissance profonde de mon enfant, je ne l'ai pas fait – pourquoi ?

Et puis on a dit syphilis héréditaire. Héréditaire, donc, ma faute. Toujours et encore ma faute. Piqûres de mercure. Une centaine. J'ai fini par ne plus compter. Je voulais juste le sauver. De cette hérédité terrible. De tous ces cousins. Ces grands-mères sœurs. De tout ce sang impur qui lui court à travers les veines. Parfois je pense que c'est de là que vient le génie. Parfois le contraire. Tout est ma faute. J'ai pris les mauvaises décisions, vite, trop vite. Ma faute.

*

Il a entamé une nouvelle cure de désintoxication, à Sceaux. Il m'affirme que le laudanum ne lui est plus d'aucun secours, et puis il a maintenant des abcès aux jambes, il dit qu'il a mal par tous les endroits du corps où les autres hommes prennent du plaisir, mon Dieu. Je voudrais le lui prendre, son mal. Je m'en fiche bien, moi, d'avoir mal. La petite vie que j'ai. Et je saurais bien m'en occuper, moi, de ce mal. Alors que mon Antonin, mon Antonaqui, est un grand écrivain, un très grand écrivain, il n'est pas venu au monde pour avoir mal. Un jour peut-être, il changera le monde, si ses nerfs ne l'empêchent pas d'avoir les pensées claires. Alors que les pensées, à moi, qu'est-ce que ça peut bien faire ? La nuit je prie, seule, avec toute ma pauvre ferveur, en grec. Le seul à s'en rendre compte, c'est lui. Je sais qu'il comprend le grec. C'est Nenequa, ma petite maman du Levant, qui le lui a appris. Je prie pour que son mal passe de lui à moi. Je saurais comment faire. Je m'en accommoderais. C'est comme quand il a voulu être prêtre. Mais les nerfs, déjà. Et trop de tristesse. Trop, trop. Une tristesse venue du fond des temps, d'avant le Christ et les séraphins, d'avant tout. Une tristesse qu'on dirait, je ne sais pas, absolue.

*

Je ne dors plus. Je ne bois plus. Antonin n'est pas resté bien longtemps. À peine remis sur pied, il est reparti aussi vite. Et il a vraiment disparu cette fois. Il n'est nulle part. Tout le monde le cherche. Il n'est apparemment pas revenu d'Irlande, d'où il m'a pourtant écrit que tout allait merveilleusement bien, avec de longues explications sur une canne ayant appartenu à saint je ne sais qui. Bon, il est parti pour son travail, pour faire des recherches, pour ses livres, et puis on a perdu sa trace. Ça aussi, on va dire que c'est ma faute ? Et est-ce que c'est mon destin de passer ma vie à lui courir après ?

*

Erreur. À l'ambassade d'Irlande on m'affirme qu'Antonin est rentré en France depuis quinze jours. En un sens, ça me rassure. S'il n'a pas repris contact, c'est qu'il doit être content, ça a dû bien se passer, il a dû faire ses recherches comme il voulait. Je suis fière de lui. Mais, en même temps, il est devenu si fragile…

*

On a retrouvé sa trace. Et je me suis trompée sur toute la ligne. Selon André Breton qui le tiendrait de la police, il a été placé d'office dans (j'ose à peine écrire ces mots) un asile d'aliénés. Un asile. D'aliénés. C'est impossible, il y a erreur, c'est un autre, forcément ! Et personne ne peut faire une chose pareille sans l'autorisation des parents ! André Breton se trompe toujours. Et c'est pas parce qu'il est fils de gendarme qu'il a forcément les bonnes informations !

*

J'ai recommencé à enquêter. À courir. J'ai interrogé une connaissance commune, avec André Breton. D'après lui, ce n'est pas pour l'aider qu'on l'aurait mis là. Non, ils l'auraient mis là car mon Nanaqui, mon petit, mon chéri, serait un danger pour la société. Le rapport parle de crises d'hallucinations, de délire de persécution par des chats. Il précise qu'il serait devenu violent, dangereux pour l'ordre public et la santé des personnes. Non, non, non. Ce n'est pas lui. Ils doivent confondre avec quelqu'un d'autre. Et je répète que personne, je dis bien personne, ne peut prendre des décisions pareilles sans l'accord de la famille, et la famille c'est moi.

*

Informations confirmées. Je suis anéantie, outrée, vaincue. C'est en Irlande que tout aurait commencé. Il y aurait soi-disant eu des bagarres à Dublin, ou sur un paquebot vers Dublin, ou au retour de Dublin, ou avec des moines, on m'a mal expliqué. Et puis, m'a dit Marie-Ange, mais elle était pressée, elle est toujours pressée, et puis, une tentative d'empoisonnement, ou d'étranglement, ou d'assassinat sur la personne d'un steward, ou d'agression à la clef anglaise. Mais qui aurait agressé qui ? Nanaqui est incapable d'agresser qui que ce soit. Une clef anglaise, ce n'est pas son vocabulaire, ni ses pratiques, il ne connaît pas. Et puis, enfin, une interpellation par la maréchaussée, un emprisonnement dans une prison à Mountjoy, ou Montjoy – tout ça n'a aucun sens ! Je récapitule. Une sombre histoire de canne perdue, ou volée. Une tentative de noyade. Des vichnous, des chats, encore des chats, peut-être qu'il dit « des chats » mais ça veut dire des enfants, et ce seraient eux, les enfants, qui auraient essayé de lui voler sa belle canne incrustée. Interné d'office à cause d'un complot d'enfants et de chats – c'est fou !

*

Les informations sont difficiles à vérifier. Pour ne rien arranger, Nanaqui a refusé de donner son nom aux Irlandais. Pour préserver sa famille ? Par respect pour la mémoire de son père ? Parce qu'il ne parle pas bien anglais ? Ou, comme il l'aurait dit à des représentants de la police française qui l'auraient rapporté à André Breton, parce qu'il pense qu'il sera bientôt mort ou dans une situation où il n'aura plus besoin de nom ? Je ne sais pas. Je suis très fatiguée.

*

Je m'aperçois que Jean Paulhan a publié sans nom, signé juste de trois étoiles, le récit du voyage d'Antonin chez les Indiens. Il aurait dit la même chose à Anie : « Bientôt je ne m'appellerai plus Antonin Artaud, je serai devenu un autre. » Ça concorde avec l'Irlande. Aux autorités de la prison, il aurait même nié être français, prétendu être grec et signé sous le nom d'Antonéo Arlaud Arlanopoulos. C'est au moins ça.

*

Les autorités policières disent que les Irlandais l'ont renvoyé en France. Mais où ? Et sous quel nom ? Je m'y perds.

*

Son ami Jean Paulhan, qui a des relations, m'a accompagnée au Havre. C'est là qu'on nous l'a signalé. Mais sans donner plus de détails. Et j'ai prévenu que je ne rentrerais pas tant que je ne l'aurais pas retrouvé. Bien m'en a pris. Car nous avons couru tous les hôpitaux et tous les asiles de la région. Et, en à peine quarante-huit heures, à Sotteville-lès-Rouen, nous sommes tombés sur lui, dans une cellule de moine, cheveux tondus, faisant les cent pas en pyjama sombre, furieux de nous voir, ou peut-être de voir Jean Paulhan, et il nous a chassés.

*

Une nuit à l'hôtel, à deux pas de Nanaqui, à réfléchir. J'ai décidé de partir en urgence récupérer ses papiers d'identité qui lui ont été confisqués et qui seraient au Havre, ou à Paris, personne ne sait, avec, j'ai l'impression, la fameuse canne qu'il a rapportée d'Irlande. Mais, à peine le temps de faire l'aller et retour, et de revenir avec un livret de famille, et il a été conduit du quartier des « entrants » à celui des « agités ». Et encore, quand je dis qu'on l'a « conduit » : on l'a emmené de force, plutôt. C'est scandaleux. Et inacceptable. Comment peut-on faire ça à un écrivain français qui a juste un problème de nerfs ? Jean Paulhan va intercéder pour qu'il soit, au moins, transféré à l'infirmerie. Moi je suis exténuée. Je n'arrive pas à y croire. Je n'imaginais pas le retrouver là, comme ça, sans papiers, sans nom. Je ne sais plus quoi penser. Ni quoi faire. Je préférais encore quand il faisait le faux clochard rue Caulaincourt.

*

J'ai pu parler à un médecin. Mais comment pourrais-je prendre une seule seconde au sérieux le diagnostic d'un Maurice surnommé « Quatre-gosiers » ?

1938

J'ai décidé d'écrire au consul de France en Irlande. Je considère, et j'en suis persuadée, et Jean Paulhan que j'aime décidément beaucoup et avec qui j'en ai discuté est d'accord avec moi, que la police de Dublin est en grande partie responsable de la situation. Ce sont eux qui l'ont maltraité. Bousculé. Frappé. Étranglé. Traumatisé. Alors que lui, Antonin, venait avec des intentions pacifiques et n'avait, en vérité, qu'une idée : rendre cette canne de saint Patrick. Ils sont donc responsables de tout et doivent nous aider, nous dédommager et payer les frais d'une clinique de repos correcte, en premier lieu. Je suis déterminée. Fernand est de mon avis. Il est prêt à aller jusqu'à Dublin s'il le faut, pour obtenir réparation et sauver l'honneur de son frère. D'autant qu'il redoute beaucoup les extrémités antichrétiennes et antipapistes auxquelles cette persécution peut, si ça le met trop en colère, conduire notre Nanaqui.

*

Ces saletés d'Irlandais n'ont jamais répondu. Nous avons cependant réussi, Fernand et moi, à faire transférer Antonin dans un autre service, auprès de docteurs qui ont l'air de le considérer un peu.

*

On me rapporte qu'un certain docteur Lacan en charge du « service de triage » des malades à Sainte-Anne, et qui paraît-il est fortiche en « observation psychanalytique rapide », a signalé mon fils comme un patient « en excellente condition physique, ce qui lui permettra de vivre jusqu'à quatre-vingts ans ». J'en aurais crié de joie. Mais, a-t-il ajouté, son état mental désespéré le rend « perdu pour la littérature ». Il est « fixé », a-t-il dit. Et, comme il est « fixé », il n'écrira plus jamais une ligne. Il est idiot, ce médecin.

*

Cet asile le rend fou.

*

Le docteur qui a bien voulu me recevoir (dix minutes, entre deux portes) trouve qu'Antonin écrit trop. Ça lui paraît suspect. Il appelle cela « syndrome graphorrhéique ». Il faut qu'Antonin parte d'ici au plus vite. Il n'a rien à y faire. Imaginons qu'il ne soit pas allé en Irlande pour cette fichue canne ? Ni, avant, au Mexique, pour le secret des Indiens ? Rien ne serait arrivé. Il aurait des soins, mais à feu doux. On nage en plein cauchemar.

*

Je n'ai pas pu venir pendant deux mois, avec ma vilaine blessure à la jambe. Il était là, à l'écart, je ne l'ai pas vu tout de suite. Je l'ai cherché. Mais mes yeux étaient si révoltés d'avoir à le trouver ici, dans cet endroit où il n'a absolument rien à faire, qu'ils ne savaient pas où s'arrêter.

*

Je dois me forcer à décrire. Ne serait-ce que pour pouvoir lui raconter, un jour, quand tout sera fini, et qu'il voudra qu'on en rie ensemble. Au milieu de la cour, comme à l'école, il y a une ronde. Cent cinquante hommes en bleu marine, certains en chemise et jambes nues, d'autres avec le pantalon à l'envers, ou noué en turban sur la tête. Il y en a un qui avance à quatre pattes comme une bête. Un autre qui marche dans le sens contraire de cette ronde affreuse (mais qui a si peu à voir avec l'enfance, les jeux, les marelles, les récréations – pourquoi est-ce que ça s'appelle encore une ronde ?) et qui se cogne aux autres. Il y a celui qui rote. Il y en a un autre, un goitreux des montagnes (hagard, les yeux fixes), qui rit tout seul. Et celui qui a les pieds tellement enflés qu'il a du mal à garder le rythme. Et celui au cou énorme. Et celui qui s'est arrêté, statufié, raide, encamisolé, et puis qui est tombé, mou tout à coup, il s'est écroulé, peut-être qu'il est mort, peut-être pas, le fou derrière lui dans la farandole l'enjambe sans manières et sans avoir l'air de se poser de questions.

Donc, au début, je ne le vois pas. Je le cherche fébrilement, mais je ne le reconnais pas. Ce n'est pas celui-là non plus, recroquevillé sur lui-même. Ni celui-ci, en train de se gratter le crâne. Ça aurait pu être ce grand avec des grands gestes, mais non, toujours pas, comment pourrait-il être un de ceux-là ? Je répète qu'il n'est pas fou, qu'il n'a rien à faire dans cet établissement, que tout allait très bien avant ce maudit voyage en Irlande, ou au Mexique, et que personne ne devient aliéné comme ça, du jour au lendemain. Et puis enfin je le vois, noueux comme un arbre, debout contre un mur, puni, son beau visage émacié, torturé de tics, qui me fait face sans me voir.

Il forme des lettres bizarres avec les doigts. On dirait des pinces. Ou des claquements rapides comme pour se rappeler quelque chose ou appeler quelqu'un. Je m'avance vers lui, j'aurais couru si je n'avais été encombrée de mon panier trop lourd. Et puis il y a encore ce costaud, aux yeux injectés de sang, qui me barre la route et que j'évite comme on évite un projectile, car oui, ici c'est chacun pour soi, c'est la guerre, la vraie, tous jetés les uns contre les autres. Donc, je m'avance. Et c'est là que je vois, serpentant sous lui, se confondant avec son ombre, le ruisseau de pisse. Je manque tourner de l'œil. Ou tourner au moins les talons. Dire j'ai changé d'avis, je me suis trompée d'endroit, de fils, de vie, salut la compagnie, je repars. Et puis ses yeux croisent les miens, deux billes de désespoir roulant dans les miens, bleus, si bleus, ses beaux yeux bleus d'enfant retrouvé, je m'approche, je le touche presque, je me mets sur la pointe des pieds. Et, dans un coin de cette cour des miracles, il s'en produit un, de miracle : il me laisse embrasser sa joue maigre.

1939

Antonin a été transféré à Ville-Évrard, près de Paris. Ce sera plus facile, pour moi, pour les visites, mais voilà onze mois maintenant qu'il est privé de liberté. Et tout ça pour une obscure histoire de pugilat avec des policiers irlandais. Ça ne tient pas debout.

*

Mon Nanaqui a un matricule : 262.602. JE NE SUIS PAS D'ACCORD.

*

Aujourd'hui, il ne m'a pas reconnue. « Allez-vous-en, madame, partez. » Alors je suis partie – qu'est-ce que je pouvais faire d'autre ? Le bus, le ticket, la marche, jetée dehors comme une imposture, propulsée hors de cet asile de Ville-Évrard par un coup de pied dans le derrière administré par mon propre fils, je courais, je fuyais, plus du tout de crampes dans les jambes, zéro arthrose, zéro douleurs dans le dos ou dans la nuque, rien, plus de mère, plus d'enfant, juste du brouillard partout.

*

« Partez, madame. » Madame. Je suis madame et je suis partie. Je suis qui ? Quelqu'un qu'il ne connaît pas et dont la présence l'ennuie, le dérange – mais qui ?

*

Je suis arrivée à l'appartement comme un automate. L'œuf, le pain, le beurre, je mange, je mange, je mange, appétit, assise, levée, rassise, mains qui grattent, eczéma, je mastique, je dévore, j'ai des dents, moi, pas comme lui, mon fils, elles commencent à tomber, les siennes, il doit lui en rester huit ou neuf au maximum. Ma faute ? Mes fautes ? Mes mauvais gènes, les sales Irlandais, le scorbut ? Je me lave comme tous les soirs, mais je suis plus sale que les autres soirs, je suis dégoulinante de saleté, je me dégoûte, je me répugne. Le miroir moucheté au-dessus du lavabo, ce vilain miroir où j'ai l'impression qu'Antoine-Roi a laissé ses empreintes et son reflet, me dit, ce soir : Qui est cette vieille ? À qui sont ces yeux, bleus comme les siens, mais vieux ? Ça vieillit, un œil ? Et ces deux sillons, là, qui me tirent la bouche vers le bas, vers la terre, plus bas que terre, vers la tombe et la mort, depuis quand sont-ils là ? Et cette tache marron, cette saleté sur la joue, ce grain de laideur, je ne l'avais jamais vue, c'est comme les dents d'Antonin, je ne l'avais pas remarqué... Je frotte, ça ne part pas. Je racle, c'est incrusté, tatoué, une affreuseté sur cet affreux visage d'inconnue, de vieille marâtre putride à qui son fils a demandé de partir. Je râpe, j'étrille, je griffe, je veux me faire du mal, je veux avoir mal comme lui, je veux qu'on partage au moins ça, lui et moi, mon tout-petit, mon Nanaqui, je ne suis plus rien pour lui. C'est cette tache bien sûr, cette tache de femme usée, salie, coupable, c'est à cause de cette sale tache qu'il ne m'a pas reconnue.

J'ouvre le tiroir de la commode. Il est bien là. Je l'emmène toujours avec moi, c'est tout ce qui me reste de son adolescence, c'est bizarre mais c'est comme ça, c'est le premier rasoir d'Antonin. Et, ma foi, ça fait l'affaire. Le sang, enfin, qui coule. Un flot de douleur qui s'en va. Une grande fatigue qui me tombe dessus et me terrasse. Je n'ai pas mal. C'est drôle, le sang partout et je n'ai pas mal. Je pleure, mais de joie. Comme ça, il va me reconnaître. Il ne sera plus jamais horrifié par ma tache de malheur. Et peut-être qu'il guérira. Je suis tombée. Je crois que c'est là que je suis tombée.

*

Ce soir j'ai un bandage sur la joue et une ordonnance de drogues à prendre pendant un mois. Tiens, des drogues, comme Antonin. Si j'y retourne demain, est-ce qu'il me chassera encore ? Est-ce qu'il ne verra pas, tout de suite, que je me suis purifiée de la tache ? Et cette proximité nouvelle, entre nous, grâce aux drogues ? Ou peut-être qu'il me chassera quand même. Mais ce n'est pas grave. C'est comme il veut. C'est lui qui décide. Je le protège, mon tout-petit.

*

Je suis arrivée dans la cellule où il se reposait et où un infirmier gentil m'a conduite. J'ai inspiré bien fort pour me donner du courage, mais j'étais sûre de moi, de mon bon droit, et de la puissance supérieure de la vérité. Je me suis campée devant lui et j'ai récité : Antonin, tu es né Antonin Marie Joseph Paul Artaud, le 4 septembre 1896 à 8 heures du matin au 15, rue du Jardin-des-Plantes, quatrième étage, en pleine santé, et je suis ta mère – que tu le veuilles ou pas, tu es mon fils et je suis ta mère. Ça ne lui a pas plu du tout. Il m'a considérée gravement, assez longtemps, avant de braquer un poing accusateur sur moi et de m'arracher le cœur : « Vous vous prétendez ma mère, madame, mais la mère de Nanaqui est morte et son âme a quitté ce monde et vous êtes une envoûteuse et le démon qui m'a empoisonné. »

Il a fait quelques pas, s'est planté devant la fenêtre, m'a tourné le dos et ne m'a pas vue flancher et me tenir au mur pour ne pas tomber. Je suis quand même tombée. Et je tombe encore. Et il me semble que je n'arrêterai plus jamais de tomber, à l'intérieur de moi, une chute pour toujours, le plus horrible vertige de ma vie, un caillou jeté dans le vide. Et, comme si ce n'était pas assez, il s'est mis à hurler, les mains en porte-voix, vers la cour, en bas, sans me regarder, mais comme s'il voulait prendre à témoin tous les fous des alentours : « Je suis né de mes œuvres ! Je suis né de ma douleur ! », avec des *r* comme des roulements de tambour. Un rire est monté de la cour. Et puis un autre, et un autre encore, des rires qui se moquaient de moi, de lui, de notre famille.

Alors, il s'est enfin retourné. Et il m'a considérée, l'œil fou. Oui, je peux le dire, je choisis mes mots, tant pis si ça me met, soudain, du côté des aliénistes qui le persécutent, mais cette fois, je n'y peux rien, je ne trouve pas d'autre mot, son œil était fou. Et il a sifflé entre ses dents : « De ma merde, chère amie, je ne suis né que de ma merde. » Et puis il s'est tu, il s'est assis, il s'est éteint. Il n'avait plus rien à dire. Ni à moi, ni à personne.

*

Aujourd'hui, Antonin ne veut pas me voir du tout. Il me fait dire par un infirmier qui me l'a rapporté en levant les yeux au ciel que je n'aurais pas dû l'empoisonner à l'acide prussique. J'ai levé moi aussi les yeux au ciel, comme si ce n'était qu'un caprice, un petit caprice d'enfant chafouin, et je me suis sauvée pour ne pas que l'infirmier me voie pleurer.

Je reviens demain.

*

Cette fois il m'accuse de l'avoir électrocuté entre ses sept et ses neuf ans. C'est un autre infirmier qui est venu m'informer, mais qui a été infoutu de me renseigner sur quoi que ce soit d'autre : à quelle heure il se lève, ce qu'il mange, s'il reçoit des visites, s'il va mieux, s'il me réclame, si je lui manque.

*

Aujourd'hui, Antonin me fait dire qu'il est mort. Je suis restée médusée une seconde avant de me ressaisir et de lever les yeux au ciel comme la dernière fois – c'est, pour moi, dorénavant, une sorte de code avec les infirmiers, je veux qu'ils croient que je suis comme eux, d'accord avec eux, prête à collaborer avec eux. Je reviens demain.

*

Ce n'était pas tout à fait n'importe quoi. On a bien administré de l'acide prussique à mon fils, l'année dernière, juste après Dublin, à Sotteville, et il a, le pauvre, subi un traitement, ou même plusieurs, de convulsivothérapie.

*

Je pense que sa folie, comme ils disent, est une réaction. À la police d'abord. Et à cet hôpital ensuite. Il n'était pas fou. Il l'est devenu. Il faut que je le sorte de là.

*

Antonin est beaucoup, beaucoup plus mal qu'il ne l'était en arrivant. Ce sont les asiles de fous qui rendent fous les fous. Les gémissements incessants, les appels à l'aide auxquels personne ne répond jamais, l'odeur permanente d'éther, de tabac froid et de corps mal lavés, les aliénés qui errent les uns derrière les autres comme s'ils avaient quelque part où aller, alors qu'ils n'iront plus jamais ailleurs que des latrines aux dortoirs, et de la cour au cachot, moi aussi, ça me rendrait folle.

*

Le docteur Fouks, qui commence à bien connaître Antonin, est assez préoccupé. Lui aussi trouve étonnant qu'il ne me reconnaisse plus. Il pensait que ce serait passager. Y a-t-il quelque chose de prévu pour Antonin ? je demande. Un traitement, un protocole, un essai thérapeutique ? Il répond, sans hésiter, en me raccompagnant vers la sortie : « Des bains, chère madame, nous allons lui faire prendre des bains. » J'aurais bien voulu répliquer, contester, discuter, mais j'avais la tête toute vide, d'un coup. Dans le bus du retour je n'ai pas cessé de me répéter entre mes dents (mais peut-être pas complètement) : Docteur, vous êtes un con. Un con, un con, un con.

*

Je sais, finalement, quand tout a commencé. Ce n'est pas la syphilis. Ce ne sont pas les maux de tête. Ce n'est pas le bachot raté, la bagarre dans la rue ou Dublin. C'est Germaine.

C'est évident maintenant. Je me demande comment j'ai pu ne pas m'en rendre compte avant. J'étais à cette époque tout encombrée de ma douleur et de mon chagrin atroce et de cette colère qui s'est enfin éteinte désormais. Mais je me souviens, à présent, ça me revient. Je le revois prostré, mutique, ne mangeant plus, ne vivant plus. Il était là, à côté d'elles, avec elles, ce jour-là, quand la bonne a étranglé sa petite sœur Germaine.

*

Ou alors, c'est quand il a appris que nous étions tous cousins germains, son père, moi, avec ses grands-mères sœurs, et tous cousins, cousines, même famille, même sang, c'est peut-être là que les troubles ont commencé, qu'il s'est mis à avoir mal à la tête, à avoir des tics, des manies, et les yeux qui semblent vouloir sortir des orbites. Oui, c'est plausible, ça coïncide. La voilà la racine, la tache originelle, la tare. Pourtant, nous avions bien obtenu une dérogation. Je l'ai encore, s'il plaît à quelqu'un de venir vérifier : « Certificat de dispense pour l'union consanguine d'Antoine-Roi Artaud et d'Euphrasie Nalpas, délivré en 1894 par les autorités religieuses de Smyrne. » Alors ? Est-ce qu'on va les accuser, elles aussi, les autorités, d'avoir rendu mon enfant fou ?

*

C'est Marie-Ange qui me le rapporte, au Select, sans me regarder en face : on dit, dans l'entourage d'André Breton, que je l'ai mal soigné, qu'il n'avait pas la syphilis, que j'aurais dû m'opposer à ce traitement si long et si douloureux. Comment aurais-je pu le savoir ? Est-ce qu'elle serait capable, elle, Marie-Ange, de s'opposer aux professeurs, aux médecins, à ceux qui savent et qui sauvent ?

*

1915. Il s'est passé quelque chose à Marseille en 1915, et personne ne m'a jamais rien dit. Marie-Ange est têtue, tête de mule, elle refuse d'en dire davantage, elle m'a juste lâché « on la lui a volée en 1915 à Marseille », du bout des lèvres, comme un petit crachat, un petit crachat dégoûtant de vérité cachée. Alors qu'elle sait, elle SAIT. Et moi je ne sais rien. Volée ? Mais volé quoi ?

*

J'ai compris. Je suis pas idiote. J'avais, bien sûr, tout de suite compris. Et j'ai le cœur qui va éclater de rage. Si je l'avais devant moi, celle qui lui a volé son innocence, si elle était là, je l'étriperais, je la crucifierais sur le Golgotha, je l'enfermerais dans un cachot plein d'épileptiques, de forcenés, de médecins goguenards et de rats.

Je crois que je la connais, cette crevure. Je devine qui c'est. Mon pauvre enfant. Mon pauvre pauvre petit garçon. Je comprends. Je comprends tellement. L'été sur son lit, à dormir, à prier, à ne rien faire d'autre, à avoir besoin d'aide pour descendre l'escalier. Quel drame. Les femmes sont des monstres, des ogresses. Et il ne m'a rien dit bien sûr, pour m'épargner, m'éviter la douleur, la colère, la honte peut-être, mon Antonin si chaste, si pur et si doux, et si gentil, qu'il n'a même pas osé se confier à sa mère.

*

Il va mieux. Je le retrouve. Il me parle, il me parle, tout et son contraire, qu'il abomine Jean-Paul Sartre, Marx et les Juifs, l'Amérique, Cloclo (je crois qu'il s'agit de Paul Claudel), les communistes, les succubes et les incubes, la messe et les Hongrois, qu'il a des comptes à régler avec les Tibétains, qu'il veut du laudanum, beaucoup, de l'orthédrine, de l'opium en grande quantité, de l'argent et Dieu sait quoi d'autre. Il est très agité. Il a toujours été agité. Mais là c'est effrayant, ce visage jamais au repos, ces paupières qui tressautent, la langue qui cherche les dents, ne les trouve pas et déforme la bouche en un rictus affreux, il tape le sol du pied, il crache, mon Nanaqui, que t'ont-ils fait, qu'ont-ils fait de toi.

*

Antonin m'écrit presque tous les jours, mais je ne comprends pas toujours bien ce dont il veut me parler. Ce matin, il se plaint d'une envoûteuse qui a cherché à l'asphyxier, comme « toutes les initiées femelles de l'ignominie intra-utérine ». Je me demande si on ne lui administre pas de la drogue en cachette, des mauvais sirops, des extraits de quelque chose qu'il ne supporte pas. Je vais aller me plaindre au docteur Fouks. Mais arriverai-je jusqu'à lui ? Ou vais-je rester bloquée au niveau du surveillant de pavillon, qui change tout le temps ?

*

Et si tout le monde se trompait ? Et si mon Antonin était mal compris ? Et si ce que nous prenons pour de la folie, de la maniaquerie, de la déraison, que sais-je, était une sorte de mécanisme, une machinerie, à laquelle nous, le commun des gens, n'avions pas accès ? Et le surréalisme ? Tous ces infirmiers-chefs, ces surveillants, ces gens de la police de Dublin ont-ils jamais entendu parler du surréalisme ? Et le mouvement dada, ce n'est pas un mouvement de fous, peut-être ? Un mouvement pour les fous, et pour nous rendre tous fous ? Et qui me dit que ce ne sont pas eux, les autres, les normaux, qui sont les vrais zinzins, les toc toc, les Momo ? Alors, c'est vrai, il y a la douleur. Il faut bien faire quelque chose contre la douleur. Mais j'ai confiance en la science. J'ai foi en Nanaqui. J'ai beaucoup de considération pour Dieu et, aussi, pour ce bon docteur Toulouse à qui j'ai écrit ce matin. C'est autre chose que Fouks ! Et autre chose que ce médecin stagiaire, ce Jacques Lacan – quelqu'un devrait lui dire de ne pas se mêler de littérature.

*

Antonin m'a chassée aujourd'hui encore. « Vous n'êtes pas ma mère, madame, m'a-t-il dit, je n'ai pas de mère, Euphrasie est ma fille et je n'ai d'autre mère que la Vierge Marie. » Bon. J'étais venue avec un panier de ravitaillement, du lait, des biscuits, du chocolat, du pain, des cigarettes, beaucoup de cigarettes.

Ils les nourrissent peu. Il n'est déjà pas bien gros, mon Nanaqui. Mais il ne m'a même pas laissée poser mon panier. Alors, comme il était lourd et que j'avais le bus de retour, je l'ai confié à un infirmier qui avait l'air un peu moins geôlier que les autres, un certain Édouard, avec une bonne tête d'enfant sage. Je n'allais tout de même pas ramener mes huit kilos à bout de bras, plus mon chagrin, plus ma honte.

En attendant il est maigre à faire peur. Je n'ai plus peur de grand-chose, à force, mais là, quand même, j'ai été surprise, Nanaqui tout creusé, comme s'il se mangeait lui-même.

*

Penser à lui, dans cette abominable odeur de latrines qui imprègne tout, couché sur son méchant lit de fer, criant avec les autres, à l'unisson, comme s'ils partageaient tous une seule et même grande douleur, ça m'est très difficile. Mais penser à quoi d'autre ? Cette nuit, c'est mon mal de tête qui m'a réveillée, en sursaut, ou plutôt le sien, celui de Nanaqui, passé de lui à moi, les tempes écrasées entre deux pierres, le cerveau qui palpite comme un cœur et qu'on empoigne et qu'on serre. J'étais contente. Est-ce qu'il a senti, là-bas, qu'il avait un peu moins mal ? Ou est-ce qu'il pense toujours : « La mère de Nanaqui est morte… la mère de Nanaqui est morte… son âme a quitté ce monde… cette femme qui me rend visite est un démon, un poison, une otarie… » ?

*

Je pense qu'il est très mal soigné dans cet établissement. Je me demande s'ils lui remettent en mains propres les colis que je lui adresse. Et est-ce qu'on lui a bien donné ses nouveaux draps ? ses oreillers ? Et les caleçons que je lui ai fait déposer, est-ce qu'on les lave, au moins ? J'ai dit que j'étais prête à payer un supplément pour ça, l'infirmier-chef m'a répondu : « Non madame c'est pas la peine. » Mais, tout à coup, j'ai un doute.

*

Mon Nanaqui ne guérira pas.

*

Il dit qu'il souffre.

Il dit qu'il a été crucifié sur le Golgotha. Que c'est lui qui a caché la canne de saint Patrick à Dublin. Et qu'un cyclone magnétique cosmique va s'étendre sur Paris. Je voudrais qu'il essaie de se concentrer sur les petites choses qui rendent les hommes contents. Une odeur – ici elles sont abominables. Un repas – c'est pareil. Une idée peut-être, une toute petite idée, une idée douce, une qui ne vous emmène pas trop loin, qui n'accroche pas d'autres idées, une minuscule idée qui irait se poser dans les coins sombres de son âme. Mais, en voyant ses mâchoires se déboîter, en l'écoutant éructer des injures incompréhensibles tandis qu'il pointe de l'index un ennemi invisible, j'ai compris que ce ne serait pas pour aujourd'hui.

*

Il me dit qu'il est orphelin depuis l'âge de sept ans, qu'il est né à Smyrne, qu'il a passé à Paris une licence ès lettres, civilisations perse, égyptienne et sémitiques. Il dit qu'il est veuf et que moi, sa mère, je suis une usurpatrice. Et puis il s'est assis dans un coin de la pièce, et il s'est endormi. Moi aussi, je suis fatiguée. Fa-ti-guée.

*

C'est la guerre. Je ne sais pas combien de temps cela va durer, mais pour la première fois je me dis que c'est peut-être une bonne chose que mon Antonin soit là-bas. Il mange mal. Il dort mal. Mais il est, en quelque sorte, protégé en étant enfermé.

D'un autre côté, il y a les nerfs. Il ne faudrait pas que les nouvelles lui portent trop sur les nerfs et qu'il soit seul pour supporter le choc.

Normalement il a ses amis. Il a Robert Desnos avec qui il échange. Il y a moi qui suis toujours présente, même quand il ne veut pas de moi. Mais là ? S'il se remet dans l'idée, par exemple, qu'il a rencontré Hitler ? qu'il lui a parlé d'homme à homme ? qu'il a tout fait pour le dissuader, lui faire barrage et que c'est sa faute à lui, donc la mienne, s'il n'y est pas parvenu et si tous ces malheurs arrivent ?

*

J'ai reçu une lettre de Ville-Évrard ce matin, m'indiquant qu'Antonin ne voulait « plus recevoir personne ». Je ne lui en veux pas. Je le comprends. C'est le seul pouvoir de décision qui lui reste. Ils lui ont tout pris. Tout. Ses dernières dents. Son appétit. Ses amis. Ses lettres, qu'ils l'empêchent d'envoyer. Décider qui voir ou ne pas voir, c'est sa manière à lui de continuer à être un homme. Je ne lui en veux pas. Non. Mais je vais venir quand même.

*

Je lui ai apporté des cigarettes. En échange il m'a donné un mot, un pauvre bout de papier chiffonné, brûlé au coin, sur lequel il avait gribouillé d'une écriture toute tremblée le nom de ceux qui lui veulent du mal et qu'il ne veut plus jamais recevoir. « Les Initiés », il les appelle. Initiés de quoi, à quoi, on se demande. Mais il m'a recommandé, de toute façon, de brûler le papier ce soir même. Je suis contente, mon nom n'y figure pas. Mais peut-être est-ce seulement grâce aux cigarettes. Ou parce qu'il n'y avait plus de place libre sur la feuille.

*

L'infirmier préféré d'Antonin a tenu à m'informer de sa mobilisation par l'armée française et de son prochain départ pour le front. J'ai pleuré. Ça m'a fait une peine folle et j'ai pleuré. Ils lui auront donc tout fait ! Rien ne lui aura été épargné ! Même lui prendre son infirmier !

*

Je lui ai apporté des finikis qu'il a dévorés, salement, beurre au coin des lèvres, bruits mous affreux des gencives qui mastiquent, s'essuyant du revers de sa manche, puis essuyant sa manche sur son pantalon, mais quelle importance, ça me fait si plaisir de le voir glouton, de le voir reconnaître une saveur de son enfance – et de la mienne aussi.

*

Il faudrait que quelqu'un le raisonne et lui explique que, non, ce n'est pas possible, il ne connaît pas le chancelier Hitler, il ne l'a pas affronté en combat singulier, ce n'est pas à lui, pauvre Nanaqui chéri, de sauver le monde des flammes de l'enfer. Mon Nanaqui, toi, c'est la poésie, c'est le théâtre, ce n'est pas la politique, tu n'as pas les nerfs assez solides pour ça.

*

Je lis dans le journal, ce matin, à propos d'une pièce que je n'ai pas vue et que je n'irai pas voir, qu'un « merveilleux vent de folie souffle sur le théâtre ». Ils disent bien : un merveilleux vent de folie. Alors quoi ? On applaudit la folie au théâtre, on la loue dans le journal, mais on enferme mon Nanaqui ? Il y a une bonne folie au théâtre, et une mauvaise qu'on enferme et qu'on fait taire ? Je ne comprends pas. Et, en plus, je suis scandalisée : car c'est qui, le théâtre d'aujourd'hui ? Quels autres noms que celui d'Antonin peuvent-ils citer, ces courriéristes incultes et malveillants ? La vraie vedette, la seule, c'est mon Antonin et, comme un fait exprès, ils ne mettent pas son nom.

*

« Né de ma sueur », il n'a fait que répéter ça aujourd'hui. Né de ma sueur, né de ma sueur. De ta sœur ? ai-je demandé. C'est cela que tu me dis ? que tu es né de ta sœur ? Mais non, sa sueur. Le docteur Fouks, à qui je m'en suis ouverte, me l'a confirmé en haussant les épaules. Il n'a pas eu l'air de trouver ça anormal.

*

Je n'ai pas pu lui donner ses cigarettes, c'est Jean qui les lui remettra.

Jean est, je crois, son nouvel infirmier préféré.

Jean m'a expliqué, avec une lueur moqueuse dans les yeux, qu'il a d'ailleurs très jolis : chaque matin, et chaque soir, à 6 heures précises, Antonin frappe le sol du talon gauche pendant une minute, en psalmodiant, pour éloigner les démons.

Parce que, selon lui, je veux dire selon Antonin, Jean en aurait énormément, à ses trousses, des démons.

J'ai pris un air amusé, mais je suis un peu envieuse : j'en prendrais bien, moi aussi, quelques démons.

*

Le gentil infirmier n'est pas si gentil que ça, finalement. Il m'a couru après, hier, après qu'Antonin m'a chassée, il tenait à me parler, il tenait à me dire : Vous savez, madame Artaud, votre fils reçoit beaucoup de courrier… et il a beaucoup beaucoup d'amis.

Oui.

Du lourd, du haut placé.

Je sais, je suis très fière de lui pour ça aussi.

Il a reçu des lettres de monsieur André Gide.

Oui.

Et il a reçu des visites.

Ah ?

Beaucoup de visites.

Ah bon… ?

Attendez j'ai le registre : Annie Faure, le 2… Génica Athanasiou le lendemain… ah tiens, elle est venue quatre fois… Anne Manson le 10… et puis Cécile Denoël... et Alexandra Pecker avant-hier...

Bien. Merci, Jean. Je vais rater mon bus.

Je me suis sauvée très vite. Mais je crois qu'il a vu que je pleurais. Et je crois que ça lui a fait plaisir. Sale vache.

*

Son assistant au théâtre, ce Roger Blin que je croise très souvent dans les couloirs, dans la cour, dans la grande allée centrale, que veut-il à mon Antonin ? Pourquoi Antonin accepte-t-il de le recevoir, lui ? C'est bizarre qu'il soit toujours là, comme par hasard, ces temps-ci, quand j'arrive.

*

J'ai compris : il lui apporte de la drogue. Je pourrais fort bien m'en charger, moi aussi, si on m'expliquait comment faire.

*

Antonin m'écrit qu'André Breton est venu le délivrer. Je dois éclaircir cette histoire. D'autant qu'aux dernières nouvelles ils étaient tout de même assez fâchés. Et puis je ne l'ai jamais tellement aimé, moi, ce fanfaron qui croit que Nanaqui est son employé parce qu'il lui a confié, il y a dix ans, un bureau de recherche. Recherche de quoi, on se demande. Nanaqui n'a jamais eu besoin de bureau pour chercher et trouver ce qui l'intéresse.

*

On m'a parlé d'une maison de santé à Marseille, mais même en vendant mes cheveux, mes dents, ce qui reste de mes charmes, mon âme, je ne vois pas comment je pourrais en couvrir les frais : deux cents francs par jour ! Quel dommage. Je suis sûre que revenir sur les lieux de son enfance aurait été une solution.

*

Quand je suis arrivée, il s'égosillait par la fenêtre, on l'entendait depuis la grille, et personne ne faisait attention à lui. C'était abominable. Il insultait tous les docteurs, à commencer par ce pauvre docteur Fouks qu'il traitait de pourceau, de crapule, de lâche et à qui il promettait qu'il serait dépecé place de la Concorde. Quant au docteur Lubsansky, il n'était que l'ombre d'un morpion et la roulure d'un excrément à la gueule verte et puante. Je suis quand même montée le voir. Après tout, il fut un temps où ma présence le calmait. Mais là, ça ne l'a pas calmé du tout. Il a redoublé d'insultes pornographiques.

Renseignements pris, il a fortement réagi à un encamisolement forcé. Je me répète mais j'ai le droit, moi aussi je dis ce que je veux : il faut que je trouve un moyen de le sortir d'ici.

*

Aujourd'hui, il a été successivement Alexandre le Grand, le roi Salomon, puis Anaximandre, celui-là je n'ai pas bien compris qui c'était, mais ça avait l'air très bien aussi. Et quand je suis repartie, il m'a expressément demandé de ne pas oublier de lui apporter son revolver, son héroïne, et sa petite sœur Germaine.

*

Voilà. Nous y sommes. Depuis le temps que ça couvait ! Le docteur Léon Fouks, qui lit et trie la correspondance des patients, m'a fait remettre la lettre de mon fils dont il me charge de décider du destin.

« À Hitler, Chancelier du Reich, Allemagne.

Cher Monsieur, je vous avais montré en 1932 au café de l'Ider à Berlin, l'un des soirs où nous avons fait connaissance et peu avant que vous ne preniez le pouvoir, les barrages (que j'avais établis sur une carte qui n'était pas qu'une carte de géographie) contre une action de force dirigée dans un certain nombre de sens que vous me désigniez. Je lève aujourd'hui, Hitler, les barrages que j'avais mis ! Les Parisiens ont besoin de gaz. Je suis vôtre. Antonin Artaud. »

C'est quand même incroyable. On censure des lettres à sa maman, à ses amis et même à Roger Blin. Et cette lettre-là, on a l'impudence de me la confier ! Est-ce que ce Fouks me prend pour une idiote ? Je lui ai téléphoné. Il m'a répondu que Nanaqui était obsédé par la guerre et qu'il a, lui, Fouks, des tapées de lettres dont il me fait grâce et qui ne parlent que de ça.

*

J'ai changé d'avis. Et j'ai décidé de mettre la lettre à la poste. Mon fils est un grand poète. Il sait ce qu'il fait.

*

J'apprends que le docteur Fouks a été mobilisé. Et que le chauffage a été coupé.

*

Distribution de masques à gaz au personnel, et à une partie des aliénés. Nanaqui est-il au nombre des privilégiés ? Et, si oui, est-ce qu'il saura faire la différence avec un de ses masques de théâtre ?

*

Aujourd'hui sur son visage, une traînée de sang séché. Je voudrais l'essuyer, je n'ose pas, j'ai déjà tellement de chance d'avoir eu le droit de le voir.

*

J'ai reçu un pli de l'hôpital m'indiquant sèchement qu'Antonin ne voulait plus me recevoir, ni moi ni qui que ce soit d'autre. J'ai pris mon sac, mon bus, mon flacon d'eau bénite et j'ai couru jusqu'à cette prison infâme qui croit pouvoir empêcher une mère de venir embrasser son fils. On ne m'a pas laissée monter jusqu'à l'infirmerie où on l'a transféré parce que, m'a expliqué Pierre, un nouveau bel infirmier, une saleté d'aliéné a surgi d'un coin de la cour, hier soir, et a frappé mon Antonin dans le dos, entre les omoplates, pour lui voler ses cigarettes. Pierre me dit qu'à ce moment-là, c'est moi, sa mère, qu'il a appelée à l'aide. Alors, quoi ? Mon enfant m'a appelée à l'aide et on me chasse comme une étrangère ? Je voulais rester et qu'on m'enferme, qu'on me mette avec lui, avec les aliénés. J'étais au bord de trépigner moi aussi, de crier, de donner des signes de folie. Mais Pierre m'a prise par le bras. Il m'a laissée le regarder encore un moment, à travers la porte entrebâillée, assis tout raide sur son lit, fumant, parlant au ciel. « Promis, il m'a dit. Je l'aspergerai d'eau bénite, mais au moment judicieux. » Et il m'a raccompagnée. J'ai confiance. J'ai la foi. Je n'ai rien d'autre. Je veux juste qu'on soit gentil avec mon fils, respectueux, et qu'on me le rende, quand il sera guéri, le plus rapidement possible. Je reviens demain, bien sûr. Qu'est-ce que je pourrais faire d'autre ?

*

Je ne peux plus venir que deux fois par semaine, le jeudi et le dimanche, entre 13 et 15 heures. Ça me permet de faire la queue plus longtemps le mercredi pour le ravitaillement, et de grappiller deux ou trois choses en plus pour Nanaqui au marché noir. Mais bon, ce n'est pas commode, cette guerre, avec mon arthrose. Et mon âge. Dans le bus je prie un peu. Je vérifie que j'ai bien tout mis dans mon cabas (les pommes de terre cuites, les citrons, le pain), que je n'ai pas oublié mon autorisation de visite à faire oblitérer par le surveillant général qui n'est pas très aimable non plus et qui ne me reconnaît, comme mon Antonin, qu'une fois sur deux, quand ça lui chante ou quand le chocolat le tente.

*

Le surveillant général ce matin faisait le malin, il tournait et retournait mon autorisation dans tous les sens d'un air soupçonneux. Heureusement le nouveau docteur est passé par là et l'a sermonné : « C'est madame Artaud, enfin voyons... ! » J'ai repris sèchement mon autorisation des mains du bougre et, en la fourrant dans ma poche, je l'ai regardé droit dans ses petits yeux torves et lui ai envoyé : Monsieur, je vous dis merde. Je n'ai pas raconté l'incident à Nanaqui. Il aurait été fier de moi. Mais il est déjà bien assez turbulent comme ça et je ne voulais pas risquer de lui donner, en plus, le mauvais exemple !

*

Guérir guérir GUERRE guerre guerre guérir.

*

Il chante, il chante, il n'arrête pas de chanter. Pour passer le temps ? Pour chasser les démons ? Ou juste parce qu'il est content ? Le surveillant n'est pas capable de me répondre. Ni Antonin, trop absorbé.

*

Il a toujours été si agité, si impatient. Je me souviens de ses premières colères, explosant dans son petit corps qui mettait si longtemps à grandir, mon tout-petit, plus intelligent que tout le monde, mais si petit, si petit : mes voisines, au début, pensaient même qu'il était nain !

*

Je me souviens de ses colères. Il avait trop de pensées, trop d'intelligence, et personne pour le comprendre, et personne pour le suivre, et il se roulait par terre, et il trépignait, les mots essayaient de sortir, mais il était trop petit, il ne savait pas encore parler, et ça le rendait comme fou. Après, il avait mal partout, dans sa tête, dans son corps, il pleurait tellement il avait mal. Y a-t-il une chose plus épouvantable, pour une mère, que de ne pas pouvoir apaiser la douleur de son petit ? Je ne crois pas. C'est le pire châtiment du monde. J'aurais tant voulu lui en prendre un peu. Ou, au moins, le comprendre.

*

Aujourd'hui le ciel est bleu, et beau. Comme il te ressemble, Antonin.

*

Aujourd'hui, mon fils et moi avons chanté à tue-tête dans la cour de l'asile pour chasser les démons. Il m'a un peu obligée, mais je n'ai pas pu lui résister longtemps : j'adore chanter.

Les aliénés autour ne faisaient pas attention à nous. Ni les infirmiers. De toute façon, c'est mon fils. Depuis quand une mère n'aurait-elle pas le droit de chanter avec son fils ?

Nous chantions à tue-tête, d'une seule voix, mon Nanaqui bouche grande ouverte vers le ciel, et j'examinais à la dérobée ce trou béant, ces gencives noires, mon Dieu, est-ce parce qu'il est sous-nourri que ses dernières dents sont en train de tomber ? parce qu'elles ne servent plus à rien ? Je lui ai donné de bonnes dents, bien blanches, bien plantées. Mais je n'ai pas su les protéger. C'est ma faute. Il était mon préféré. Il l'est toujours. Il ne le sait pas. Il sait à peine que je suis sa mère. Mais moi je sais qui je préfère et qui j'aime.

Il chante, je chante, il passe du suraigu au grave, du strident au borborygme, à un moment j'ai été fatiguée, je me suis sentie essoufflée, ou peut-être inutile, et j'ai voulu arrêter. Alors, il m'a agrippé le bras avec ses grandes serres, si fort, si fort, et c'est comme si un peu de sa folie était passée de lui à moi, et j'ai recommencé à chanter, et je n'étais plus fatiguée du tout, et j'avais envie de rire, de rire, de rire, et puis une prière est sortie de moi, sans que je le décide vraiment, venue du ventre, des entrailles, avec des alléluias et des Ave Maria, nous étions au milieu de gens pour qui plus rien n'est bizarre, rien n'est saugrenu, personne ne se soucie de personne, et j'ai vu un grand sentiment de liberté me submerger, il me semble que pour la première fois j'ai compris mon Nanaqui.

*

En quoi va-t-il mieux ? Ou même un peu moins mal ? En rien. C'est pire. Les médecins ne savent pas ce qu'ils disent. Ils ne savent rien. Ils racontent n'importe quoi. Ils lui ont même inventé une nouvelle maladie, la sitiophobie, la maladie des fous qui ne veulent plus manger. C'est idiot. Bains-surprises à l'eau glacée, menaces de sondes dans l'œsophage et autres fantaisies à la Diafoirus, heureusement que je suis là, je leur ai dit de tout arrêter tout de suite, que j'étais prête à aller chercher les gendarmes, à m'attacher à un lit, à un siège, à m'encamisoler, à tout faire sauter. Enfin voilà, ils sont en train de le faire devenir comme les autres, les séniles, les débiles, les vrais fous incurables autour de lui, un presque mort, un plus vraiment vivant. Il va trop mal pour souffrir. Il souffre trop pour se rendre compte qu'il va mal. En le coupant du monde on l'a coupé de lui et de moi, et on est en train de les laisser, lui et les autres malheureux, pourrir entre eux. En les soignant à l'eau glacée, on ne les empêche pas de mourir d'ennui, de phtisie, de tuberculose, de solitude et de promiscuité.

*

Il a faim. Il a faim à nouveau. Qu'est-ce que je disais ! Quand un enfant a faim, c'est que sa mère lui manque. Nul besoin d'être docteur en médecine pour comprendre cela. C'est la mère qui nourrit. La mère souricière. Non, nourricière. Je suis heureuse.

*

Et pourtant mon fils... Il a écrit des livres, des pièces, des scénarios, des poèmes, il a donné des conférences devant des foules entières, il a voulu changer le théâtre, le monde et même l'origine du monde. Il est respecté. Je lui ai donné une bonne éducation. Il a eu le premier prix d'instruction religieuse. Moi aussi, à Smyrne, j'ai joué dans une pièce de théâtre.

1940

Quand il était petit, il m'arrivait de cacher les médicaments qu'il devait prendre dans le moelleux des gâteaux, pour lui en épargner à la fois la crainte et le goût amer. Oui, je m'occupais bien de lui. Et qui lui a permis d'aller dans des maisons de repos belles et coûteuses, surtout avec le cours du franc suisse, quand il souffrait de neurasthénie, à quinze ans ? Et la clinique de Neuchâtel ? Et la Rouguière ? Et Divonne-les-Bains ? Et Meyzieu ? Rien n'était trop beau pour mon fils. Rien. Ah ! C'était autre chose que ces placements d'office !

*

Il m'écrit qu'il a peur pour moi. Et que, s'il lutte contre les forces du mal, c'est pour lui et surtout pour moi. Ça me fait plaisir.

*

Aujourd'hui, rien ne va plus. D'après Youki Desnos qui est allée lui rendre visite, il ne croit plus en Dieu, il blasphème, il ne croit plus dans les lois de l'engendrement, il n'y a plus, ni pour lui ni pour personne, de mère, de père, de naissance et d'enfant, plus de vie et de mort, il est le père de sa grand-mère et de sa petite sœur morte, mon Nanaqui a renversé le ciel.

*

Youki au téléphone. Elle ne m'avait pas tout dit. Il croit qu'il y a un complot ourdi contre lui, une machination épouvantable, des sectes d'Initiés catholiques, protestants, mahométans, juifs, bouddhistes, brahmaniques, sans religion, qui sont lancés à ses trousses. Il tremblait en racontant cela. Il disait aussi : me guérir est un crime. Voilà bien une phrase de grand écrivain.

*

Il fait le tour de la cour à cloche-pied, et veut que je tourne avec lui. C'est contre les Initiés, les démons. Et puis brusquement il s'arrête, crache, sort un carnet de sa poche, un crayon de je ne sais où, et me dicte des phrases, « Centre mère et Patron Minet, ta gencive est froide jusqu'au jour du Jugement dernier », et d'autres fantaisies du même ordre. Je m'exécute, évidemment. Je ne suis ni poète, ni éditeur, ni mystique : je suis la mère d'un génie. Mais voilà qu'il va trop vite, un mot lui reste dans la gorge, un hoquet le prend, une toux, je veux lui taper dans le dos, faire sortir le mot qui l'étouffe, le sauver, le noter quand même, le rassurer peut-être, mais il m'écarte violemment, comme quand il était petit et qu'il s'impatientait de ne pas pouvoir parler. Tant de force dans ce corps maigre ! Je hèle un médecin tout là-bas, je ne sais pas lequel, affolement complet, mais il croit que je le salue et me répond d'un grand geste du bras. Mon Antonin suffoque, il tombe, il rampe, il glapit comme un animal, et puis non, il se tourne sur le dos, on croirait maintenant un insecte torturé par des enfants, et son visage se convulse en un rire plus effrayant que le rire du diable, et la parole lui revient, mais c'est pour me dire des horreurs, pour hurler qu'il chie sur le Christ obscène et nu et sur son père l'innommable fuyard du ciel.

Les infirmiers finissent par accourir, sept, peut-être huit, surgis de nulle part, tout va très vite, ils m'évacuent, il me semble qu'ils le sanglent et lui nouent dans le dos une grosse ceinture de cuir. Mon cabas est vide mais il est pourtant bien lourd. Je ne veux pas rater mon bus. Je reviendrai demain. Il ira mieux, demain.

*

J'ai lu dans le journal que les Allemands tuent les malades mentaux. Ici, ils n'en auraient pas besoin. Ils meurent tout seuls, comme des mouches. Et, de toute façon, Antonin n'est pas malade mental.

*

Il tape du pied sur le sol, avec une force inouïe pour un homme si chétif, cinquante kilos à la pesée du matin – et l'âme, est-ce qu'elle a maigri, aussi, son âme ? est-ce que c'est ça qu'il veut dire dans la lettre où il m'explique qu'à force de le soigner on va le démagnétiser ? Quel drôle de mot, quand même ! Il tape. Il frappe. Il me regarde et me dit : « Tu vois, maman, j'en ai tué trois. » J'aurais pu rire, mais je n'ai pas osé. Qu'il m'appelle maman, par contre, ça m'a fait drôlement plaisir et je crois qu'il s'en est aperçu.

*

Puisque personne ne s'en occupe, j'avais décidé de lui couper moi-même les cheveux. C'est ça aussi qui lui donne un air bizarre, ces mèches hirsutes et sales. Mais il paraît que c'est impossible, absolument et rigoureusement interdit.

*

Les Allemands sont entrés dans Paris, tous ceux qui le pouvaient ont pris la fuite. Je file voir Antonin.

*

Neuilly-sur-Marne est une ville morte, désertée de ses habitants. Et ce silence à Ville-Évrard ! Peut-être que ça va lui faire du bien ?

*

Il faudrait que j'arrive à organiser son transfert dans une maison de santé en zone libre. Ce serait mieux. Pas idéal (l'idéal étant qu'il revienne s'installer avec moi, à la maison) mais tout de même mieux. Ces Allemands m'inquiètent.

*

On a encore changé Antonin de quartier. C'est la quatrième fois ce mois-ci. Après les gâteux, les agités, les incontinents, les arriérés profonds et l'infirmerie, le voici installé avec les chroniques. Je n'y vois pas une énorme différence. Pierre, le nouvel infirmier, me précise que, cette fois-ci, ils l'ont déménagé parce qu'Antonin hurle toute la nuit, allume des feux, lance des rituels, et que les autres patients se plaignent et que cela fait trop d'histoires. La dernière fois c'est parce qu'il frappait ses camarades, soi-disant. Et puis ce n'est pas très grave, je lui en apporterai une autre, mais : la Bible que je lui avais donnée a été déchirée, mise en pièces et mangée (!) par son voisin de chambre. Et, comme par hasard, ce n'est pas lui, le bouffeur de papier et de curés, qui a été obligé de déménager, c'est encore et toujours mon Antonin.

*

Il a exigé d'un infirmier malpoli qu'il l'appelle monsieur Artaud.

1941

Mon Dieu mon Dieu mon Dieu mon Dieu mon Dieu. Le chèque. J'ai égaré le chèque. Où ai-je bien pu le mettre ? Cent mille francs, ce n'est pas rien ! Et c'est la preuve qu'il est, comme Émile Zola, un grand écrivain français. Je le lui avais apporté à Sotteville, il y a quatre ans. C'était la coquette somme que les éditions (Gallimard ? Denoël ?) lui devaient en droits d'auteur. Et comme il n'avait pas été autorisé à l'encaisser (il n'était autorisé à rien, à l'époque, même pas à être lui-même), je l'avais rapporté à la maison. J'en suis sûre. Ou peut-être que je me trompe, et que je l'ai confié à Jean Paulhan ? ou à Marie-Ange ? Je perds la tête à mon tour, voilà. Je ne sais plus où sont les choses. Quelle mauvaise mère je fais.

*

Avec la guerre, c'est de plus en plus difficile de circuler. Antonin n'en sait rien. Il ne se rend compte de rien. Il me parle d'une envoûteuse, une Adrienne je ne sais quoi. Une prostituée, à mon avis. J'ignore à qui il croit qu'il parle quand il me parle. Car il m'a dit, au moment où je partais, après avoir tendu sa joue cireuse à mon baiser : « Si vous la croisez, méfiez-vous de ma mère ; ce n'est pas ma mère, c'est une indicatrice de police. »

*

Le remplaçant du docteur Fouks, auprès de qui je me plaignais de la perte de poids inquiétante d'Antonin, m'a tranquillement répondu que, la cuisinière étant morte, ce sont les aliénés en roulement qui s'occupent des repas et que ce n'est pas toujours mangeable. J'ai vu, en repartant, un homme à quatre pattes broutant un carré d'herbe, un autre picorer des miettes par terre en hochant la tête comme une poule folle et, devant une des grandes poubelles débordant de flacons et de pansements, dans une abominable odeur d'éther, deux hommes en tenue asilaire se battre pour des épluchures de pommes de terre. J'ai serré mon sac contre moi, en priant qu'on ne lui vole pas ses provisions, et me suis bien pressée de rentrer.

*

Je suis habituée aux hurlements. Je suis habituée aux odeurs d'excréments, de crasse, de désinfectant, aux cliquetis des clefs dans la poche des infirmiers, aux rats, aux crissements de roues des chariots dans les couloirs collants. Je me moque des aliénés qui me toussent dessus, qui grimacent, qui me regardent en coin, je les repousse, je les enjambe s'il le faut, ils ne me font même plus pitié, je ne pense plus depuis longtemps à leur mère, à leurs enfants, à leur vie au-dehors, ils font partie de cet endroit repoussant, ils en sont le décor, les figurants, la poussière, les miasmes. Leur place est ici, ce sont des fous, des dangers pour la société, des rebuts, des sous-hommes, ils n'ont rien en commun avec Antonin, rien de rien, il faudrait les stériliser, les empêcher de se reproduire, de s'accoupler et de procréer, il faudrait les lobotomiser, oui, on m'a dit que ça se pratiquait ici même, à Ville-Évrard, ablation de la partie malade du cerveau, et tout est réglé, fini la douleur et la folie, ou alors il faudrait les laisser mourir, ils ne demandent que ça, qu'on abrège leur misérable vie, une vie qui ne sert à rien, sinon à priver mon Nanaqui d'une portion de viande supplémentaire, deux cent cinquante grammes par semaine, ça ce n'est pas rien, et j'ai appris, en plus, que les infirmiers volent les victuailles que je lui apporte, ils pillent, ils se servent, ils ne valent pas mieux que cette engeance qu'ils sont censés soigner.

*

Reçu ce mot de Nanaqui : « Chère Euphrasie, je suis sans cesse agressé et frappé par des fous, et suis trop malade pour me battre. Venez le plus tôt possible me chercher. » Je suis venue aussi vite que j'ai pu. Mais je l'ai trouvé tranquille, noircissant les feuilles de ses cahiers, tendant vaguement le bras vers moi pour m'attirer ou m'éloigner de lui, je ne sais pas. Et puis tout à coup il m'a dit : « Écoutez, il faut quand même que vous vous décidiez à m'apporter des petits pâtés feuilletés chauds, des gâteaux au miel avec une crème très dense quoique légère et de la poutargue, une aile de poulet, des brochettes de mouton, des feuilles de vigne farcies, des pommes de terre rôties, du gâteau de chez Isnard, des huîtres de chez Semadeni et un bon morceau d'auroch que vous aurez chassé pour moi, maman. » Maman ! Je n'en ai pas cru mes oreilles. Combien de semaines qu'il ne m'avait pas appelée comme ça ? J'ai acquiescé, bien sûr. Pourquoi lui parler du rationnement, des privations, des vivres qui manquent partout et surtout à Paris ? Pourquoi lui dire que je n'ai pas mangé hier pour pouvoir lui apporter son panier du jour ? Je ne lui dirai rien. Car c'est l'ordre des choses. Une mère nourrit son enfant. Un enfant n'a pas à avoir faim. Sa mère, si. Nanaqui a faim, sa mère se sacrifie.

*

La plupart des amis d'Antonin sont allés se mettre à l'abri loin de la guerre. André Gide en Algérie, André Masson, André Breton et les surréalistes en zone libre, à Marseille, et puis zou ! l'Amérique.

*

Je suis tout de même étonnée, Antonin ne bénéficie d'aucun traitement sérieux depuis qu'il est à Ville-Évrard. Rien. Je ne vois pas comment il serait censé aller mieux. C'est un hôpital ici, ou une prison ? Du temps du docteur Fouks, c'était encore pire. Qu'est-ce qu'il est devenu, celui-là ? Plus j'y pense, plus je suis convaincue qu'il faisait des expériences sur ses malades, qu'il s'en servait comme de cobayes ou comme d'exemples pour sa thèse.

*

Heureusement qu'Antonin n'est pas, lui aussi, parti pour l'Amérique. Il déteste les Américains. Il est persuadé que, dans les écoles, on prélève la semence des jeunes garçons et qu'on s'en sert pour fabriquer des soldats. Je l'imagine développant ce genre de théories : ça se serait aussi mal passé qu'à Dublin. Et je n'aurais pas été là pour veiller au grain.

*

Il cherche ses mots, c'est bizarre, il ne les trouve pas, il me regarde et rien ne sort, sauf des grimaces, des torsions de la bouche, des tressautements de paupière, il me fait peur, mon fils, enfin non, j'ai peur pour lui, j'ai toujours eu peur pour lui, depuis qu'il est né j'ai peur, un hurlement pas normal, un pleur déchirant, une tristesse d'initié au malheur. Et aujourd'hui muet. J'aurais voulu rester plus, mais les heures de visite sont très rigides.

*

Antonin m'a adressé par erreur une lettre qu'il a écrite à Sa Sainteté le Pape Pie XII : « 1) Je renie le baptême, 2) je chie sur le nom chrétien, 3) je me branle sur la croix de Dieu, 4) je crache sur le Christ inné. » Je n'aime pas avoir à recopier ça. Ce n'est pas mon fils. Mon fils me manque.

*

Cette autre lettre. C'est moi qui la lui ai prise, sans qu'il s'en aperçoive, dans son dos. À qui la destinait-il ? Je n'en sais rien. « Chaque nuit mon lit est amené dans un centre *initiatique* !!! différent et j'y subis quelques mutilations de plus et me réveille chaque matin un peu plus asphyxié et titubant avec des grappes de femmes suspendues à mon cou, à ma tête, à mon ventre, à mes membres, et des légions de démons enfants et femmes qui déferlent sur moi en ondes et par courants. Peut-être réussirez-vous à trouver ce qu'il me faut pour que les démons se taisent. »

*

Son amie Anie Besnard m'a écrit ce matin. Elle me demande – c'était à mots couverts mais je ne suis pas complètement sotte – de lui procurer des drogues pour Antonin. Elle pense elle aussi (décidément !) qu'« il faut que ses démons se taisent ». Mon Dieu, je veux bien, moi, faire taire les démons, les bâillonner, les assassiner, mais où trouve-t-on de la drogue comme ça en une heure ? Et quelle drogue exactement ? Sans compter qu'avec toutes ces restrictions, on ne trouve déjà plus de viande, de beurre, de poisson frais, comment est-ce que je vais trouver de la drogue ? Je devrais faire demander à Jean Cocteau ou à Paul Lévy-Dubois, parce que j'ai bien peur de ne pas être assez dégourdie.

*

Quelle aventure ! Je suis d'abord allée consulter le pharmacien qui, comme il fallait s'y attendre, m'a raccompagnée avec condescendance et réprobation jusqu'à la sortie de l'officine : on voit bien qu'il ne connaît rien à la souffrance d'une mère ! Puis un jeune homme (un petit malfrat), qui m'avait repérée dans la pharmacie, m'a accostée, a pris des airs de mystère, m'a dit qu'il avait compris et m'a amenée, dans le métro bondé, jusqu'à un bar louche de la porte de Clichy. Là, il m'a fourni une boîte d'allumettes fourrée d'opium. Je l'ai payée avec la montre d'Antoine-Roi, je n'avais que ça, mais il a eu l'air content et a déguerpi sans demander son reste. Voilà ce qu'Antonin m'oblige à faire, je me suis dit : du commerce de rue, de la contrebande. J'ai alors couru, assez triomphante je dois dire, et en vélo-taxi pour aller plus vite, porter moi-même la boîte anti-démons à Anie Besnard, à Saint-Germain-des-Prés. Elle m'a beaucoup remerciée, l'a ouverte devant moi, en a porté le contenu à son nez, mais a aussitôt refermé la boîte et me l'a rendue d'un air dégoûté : « Le bicarbonate de soude ne lui sera d'aucun secours, madame. » Je me serais giflée. Mais cette Anie a été gentille, finalement. Elle a vu dans quel état ça me mettait. Elle a eu pitié de moi et m'a offert une tasse de thé amer qui, deux heures après, me vrille encore l'estomac.

*

« Ma bien chère Euphrasie. Je m'en vais de désespoir, de faiblesse, de fatigue, d'inanition et surtout de mauvais traitements. Ce n'est pas pour vous faire un reproche ma bien chère Euphrasie mais si vous étiez vous-même comme quand Nanaqui était petit à Marseille ou à

Smyrne vous auriez trouvé le moyen de m'envoyer plus d'aliments. Et je vous le répète, ma bien chère Euphrasie, il est absolument faux que les vivres manquent dans Paris. Tous les autres internés reçoivent en abondance du beurre, du fromage, des dattes, du pain d'épice véritable, des figues, des pommes, des poires, des confitures vraies, du sucre, du raisin de Malaga et une douzaine de figues fourrées, du chocolat, des bananes. Vos fournisseurs sont des démons qui mettent toute leur mauvaise volonté à vous empêcher de me nourrir et ils en sont parfaitement conscients et se concertent entre eux dans ce sens. »

Il ne fait donc aucun doute, d'une part, que les colis que je lui adresse sont, comme je le soupçonnais, systématiquement détournés, et, d'autre part, qu'il est tellement coupé de tout qu'il ne sait pas à quel point, dehors, la guerre fait rage.

1942

Je suis folle de joie. Antonin va enfin quitter cet hôpital affreux, ce mouroir. C'est grâce à Robert Desnos : il a intercédé auprès d'un certain docteur Ferdière qui accepte, par amitié pour lui, de prendre Antonin dans son hôpital, à Rodez, vers Toulouse. C'est loin. Mais il y sera mieux traité, ou moins maltraité, mieux nourri, guéri peut-être.

*

Peut-être que j'en ai assez. Peut-être que je suis trop fatiguée, trop vieille, trop triste. Il ne me reconnaît pas. Mais moi non plus, je ne le reconnais plus. Ce n'est plus mon fils.

Je m'étais fardée ce matin en partant, je ne sais pas trop pourquoi, c'était à la fois machinal et absurde, du rose aux joues, un peu de rouge aux lèvres discret, du fard à paupières léger, une mise en plis, un joli turban, une nouvelle robe taillée dans un ancien rideau du bureau d'Antoine-Roi. Pourquoi j'ai fait cela ? J'en avais envie, voilà tout. Quel mal y a-t-il ? Qui pourrait reprocher à une mère de se faire belle pour aller visiter son fils ? Eh bien mon fils, justement. Il m'a chassée plus violemment qu'à l'accoutumée. Voilà que j'étais une catin, une initiée de la fornication débordante, la charogne lippue de la sexualité avilie, et j'en passe, j'en oublie, j'en confonds, j'en ai pleuré, oui, je ne pleure pas souvent mais là j'en ai pleuré, avec le noir fondu des yeux qui devait faire un bel effet sur mes joues, ah çà je devais avoir plaisante figure, dans le bus, au retour, mais ça, par contre, ça m'est égal.

*

Il a peut-être raison. Peut-être que ce n'est pas correct, pour une mère, pour une mère âgée, pour la mère âgée d'un homme public, d'un grand écrivain, d'un poète, pour la mère d'un grand personnage, d'un génie, de se farder comme une dame ou une putain. Vivement qu'il parte à Rodez !

*

Il a essayé de me dire quelque chose. Ça semblait important. Il s'est mis à arpenter la pièce de long en large et de large en long, genoux cadencés comme un militaire à la relève, talons martelant le sol, et puis à crier d'une voix spectrale, qu'on aurait dit d'outre-tombe, avec une force et une violence venues du fond de lui, mais des mots qui n'existaient pas, ou que je ne connaissais pas, tarabarut korut tataput nokna pamkamirmenkika rutquilemp, c'était affreux, terrifiant, barbare, on aurait dit un chant indien, il voulait me dire quelque chose évidemment, mais quoi, je ne sais pas, j'aurais donné ma langue au chat, ou à mon fils, j'aurais donné le turc, le grec, toutes les langues du Levant qu'on parlait avec Maman-Mariette et qu'il n'a pas dû complètement oublier puisqu'il en prend parfois l'accent, j'aurais donné n'importe quoi pour faire cesser ce sabir effrayant, ou le comprendre, ou retrouver quelque chose, ou échanger. Takaruk rakinoutel taritrountra. Je me sentais idiote. J'étais une mère stupide qui devrait comprendre, mais qui ne comprend pas, ce que son fils lui dit, lui hurle, lui reproche. Et tout à coup c'est comme si plus rien n'avait de sens. Ce n'étaient plus des mots. Ça n'avait plus rien à voir avec des phrases. C'étaient mes fautes qu'il visait, et qu'il me renvoyait à la figure, avec ces mots-coups, ces mots furieux inventés exprès pour me faire du mal, me blesser, c'était une déclaration de guerre qu'il m'adressait et qu'il adressait, à travers moi, à toutes les mères du monde.

*

Même scène. Sauf qu'aujourd'hui, à travers moi, il s'adressait aussi aux médecins, aux remèdes qui n'en sont pas, aux églises, à ceux qui jugent et qui enferment, aux journalistes, aux professeurs, aux électrocuteurs, aux corps et aux organes inutiles sauf pour vous faire souffrir, aux policiers en uniforme et en civil, à tout le monde, et chaque mot qui s'expulsait de ses entrailles, tarakuk tarakuk, tombait à mes pieds comme un petit crachat.

*

Aujourd'hui, j'ai écourté. J'avais l'impression de devenir folle. Je me suis sauvée. Et, dehors encore, j'entendais les reproches me poursuivre, des cailloux de rancune, des détonations de douleur, va-t'en maman, va-t'en, mauvaise mère, j'ai accéléré le pas, j'ai couru, j'avais l'impression que ça ne s'arrêterait jamais, qu'il allait m'insulter et me persécuter et me maudire comme ça pour l'éternité, et mon cœur, maintenant encore, est au bord d'éclater, mais c'est peut-être à cause de la course, je n'avais pas couru comme ça depuis des années.

*

C'est peu de dire que j'appréhendais, ce matin, la visite. Mais Antonin semblait calmé, les yeux agrandis dans son visage encore plus anguleux qu'hier. Et, sans que je lui pose aucune question, il m'a dit : « Je n'invente pas de mots, ma chère enfant. » Oui, il m'a appelée « ma chère enfant », j'ai rougi comme une jeune fille, comme quand il me trouvait belle dans les tailleurs que je portais autrefois pour aller dîner avec Antoine-Roi, il était si petit, si beau, il m'aimait tant, mais c'était moi l'enfant à présent. « Ma chère enfant, je n'invente pas de mots, je parle la langue de Dieu. » La langue de Dieu, cette langue de bruits ? La langue de Dieu ces cris affreux et gutturaux, ces syllabes tordues et qu'il lâche comme des insultes ? Ce n'est pas ma langue, en tout cas. Ni celle de Maman-Mariette. Ni celle d'Antoine-Roi. Mais je ne dis rien, bien sûr. Trop contente de le retrouver calmé. Et puis, après tout, c'est peut-être ça le génie. C'est peut-être ça qu'ils lui trouvent, tous ces amis de Montparnasse qui prennent, de plus en plus souvent, de ses nouvelles. Et moi qui me fais un sang d'encre, et qui pleure mon enfant chéri devenu ce fantôme éructant, je passe peut-être à côté de quelque chose, je vois bien qu'on le considère, qu'on se fait du souci pour lui, et toutes ces lettres, et ces visites qui continuent, oui, il y a quelque chose.

*

Il était encore plus calme aujourd'hui. Je me tiens toujours sur mes gardes. Je sais que la violence peut surgir à tout moment. Les médecins, quand il y en a, parlent de variabilité de l'humeur. Mais, aujourd'hui, il était calme. Il m'a expliqué, tranquillement, que l'écriture c'est de la cochonnerie. J'ai eu peur que ça glisse vers des insultes plus scabreuses, mais non, il est resté sur la cochonnerie. Sont de la cochonnerie, selon lui : les mots qui ont un sens, la gent littéraire à Paris, ceux qui sont maîtres de leurs pensées, ceux qui répondent à l'esprit de l'époque, ceux qui font des façons, ceux qui alimentent et remuent des idéologies, ceux dont les femmes parlent bien, ceux qui suivent des voies, ceux qui agitent des noms, ceux qui montrent leurs livres au lieu de montrer leur esprit, oui, tous ceux-là sont des cochons. Tous les gens qu'il connaît, et qu'il fréquente, en somme. Je l'ai écouté, bien sagement. Il y avait du sens dans ce qu'il disait. Un peu violent, mais sensé. J'ai retrouvé le Nanaqui qui écrivait dans la revue du bon docteur Toulouse.

*

Takapukcoraktapuk. Ça l'a repris. C'est ça qu'il m'a dit aujourd'hui, un peu comme la dernière fois, avec ses grands yeux écarquillés qui semblaient chercher un secret et ne pas arriver à le trouver. Il m'a dit takapukcoraktapuk (j'ai bien noté). Mais, cette fois, c'était doux, gémi, chantonné, presque babillé, et j'ai eu l'impression qu'il n'avait jamais rien dit de plus vrai, de plus juste, de plus sincère, depuis longtemps. Je le sentais démuni, presque nu, devant moi. Et j'entendais : aide-moi, maman, aide-moi, c'était comme une supplication, aide-moi, une prière, mais il était enfermé dans cette autre langue comme il est enfermé dans son corps meurtri, drogué, vieilli, et dans cette douleur qui dépasse les mots, et dans cet asile dont j'ai l'impression qu'il ne sortira finalement jamais. Avec ces sons et ces bruits, il me reprochait de l'avoir mis au monde. Et il me signifiait que c'est bien la seule chose dont ni moi ni les médecins ni les livres ne le guérirons jamais.

Je ne pouvais pas le toucher, pas l'embrasser, pas lui gratter les cheveux comme quand il était enfant. Il m'aurait griffée, jeté des sorts, chassée. Mais, dans ma tête, je le serrais bien fort dans mes bras, je caressais son petit visage, j'oubliais que ce n'est plus un visage qu'il a, mais une gueule, un masque, une tête de vieil Indien sauvage. Je passais en pensée ma main dans ses cheveux emmêlés et sales que personne ne touche plus. Et je le serrais contre mon cœur, de toutes mes vieilles forces de vieille mère, je le serrais, mon Momo, mon Nanaqui.

1943

Enfin ! Il va partir ! Les affaires d'Antonin, rassemblées pour le grand départ à Rodez, contiennent un coupe-papier, son passeport, et les vêtements sales et trop grands qu'il portait en arrivant de Dublin, quelques livres, des cahiers, mais une grande part de ses écrits a servi, à cause de la pénurie, de papier à rouler les cigarettes pour les autres aliénés.

*

Ce que j'ai pris pour un coupe-papier était un bout de la canne de saint Patrick qu'il croyait disparue, ou volée, ou désintégrée, ou escamotée, et qu'il a dû être, j'en suis sûre, soulagé de retrouver. Je tiens l'information du surveillant. Mais il a dormi pendant tout le temps de ma visite, et je n'ai donc pas eu de commentaire.

*

C'est lui qui, maintenant, ne veut plus quitter Ville-Évrard. Têtu comme une mule. Comme à cinq ans quand il avait peur du monstre sous le lit et qu'il ne voulait pas monter se coucher. « Tu es un homme, maintenant, Antonin ! Prends tes responsabilités ! » Mais a-t-il le choix ?

*

Il paraît qu'il a essayé de se jeter par la portière de la voiture qui l'emmenait au train pour Rodez. Je devrais être là, près de lui, tout le temps. Personne ne le protège comme moi. Personne ne l'aime comme moi. Je le connais mieux que les autres. Les autres sont des idiots. Tous. Je radote. Ce sont tous des idiots et je suis une vieille sotte.

*

Quand il dit qu'il a été empoisonné et que, dans son enfance, nous l'avons fait empoisonner, je sais qu'il a raison. C'est ma faute. J'avais confiance. La science. Ce médecin impressionnant et qui me regardait droit dans les yeux. Son visage noble et bon. Sa blouse. Ses grandes mains qui travaillent bien les corps, les réparent. C'est vrai que je lui ai donné mon fils. Entièrement. Et, aussi, à tous les autres. Les Gasset, Dardel, Dupouy, Toulouse, Allendy. Les Borel, Robin, Lacan, Frété. Et les ponctions lombaires. Et les piqûres de bi-iodure de mercure. Et l'éther. Et les guérisseurs, les radiesthésistes, les herboristes, les homéopathes, les thaumaturges, les médiums, la voyante. Et les injections, les gélules, les massages, l'hydrothérapie, l'acupuncture, l'homéopathie, l'héliothérapie, je ne pouvais pas ne pas tout faire, je ne pouvais pas ne pas tout tenter, peut-être que je n'aurais pas dû, peut-être que j'aurais dû faire autrement, mais comment ? Ses douleurs à la tête, il fallait les traiter comment ? Ils ont dit méningite. Moi je pensais que c'était plutôt le coup qu'il avait reçu à quatre ans et demi. Mais comment le leur dire ? Comment leur avouer que j'étais cette mauvaise mère qui a laissé son fils tomber sur la tête ? Et puis méningite, après tout, ça sonnait sérieux, ça expliquait tout, pour ce que j'en savais ça collait, pour ce que j'y connaissais ça faisait sens. J'avais vingt-huit ans. J'étais si jeune. Il était si petit. Et c'est notre secret.

*

Enfin ! Nous serons tellement mieux ici ; 1, rue Vieux-Saint (ou Vieussens ?) à Rodez, des rues calmes, des maisons de pierre, bientôt une chambre à lui, et moi dans cette dépendance que je loue chez une brave femme qui m'a fait porter des légumes ce matin – gratis. Et puis, on est en zone libre et ça se sent tout de suite, moins de pénuries, plus obligée de faire de la mayonnaise sans œufs, les aliénés que j'ai croisés n'ont souffert d'aucune restriction, ils ont l'air à peine fous, en bien meilleure santé que moi, et le docteur Ferdière m'inspire confiance. Il a des lettres. Je crois qu'il admire l'œuvre de mon Antonin. « Quand le reverra-t-on au théâtre ? » il m'a demandé. Il est, lui aussi, un peu poète, sa femme Simone est sympathique, les enfants semblent bien élevés, c'est bien, c'est tout bien, tout est bien.

*

Mon Antonin a eu sa première séance d'électricité hier. Je me demande si c'est vraiment une bonne chose. On dit que c'est une médecine allemande et que c'est les Allemands qui l'ont mise à l'honneur. Ce matin il avait l'air perdu, hébété, la langue pâteuse, les yeux vides, la tête vide, une coquille de noix, vide. Le docteur Ferdière que je suis allée voir en vitesse m'a rassurée : c'est temporaire.

*

J'ai eu la joie aujourd'hui de trouver mon Nanaqui grossi. Pas ces œdèmes horribles de la malnutrition qu'ils avaient tous, à Ville-Évrard, avec leurs corps à la fois squelettiques et tout gonflés qui se vidaient, au milieu de tout le monde, dans la cour. Au début j'ai eu peur. Qu'est-ce que c'est que ce nouveau changement ? je me suis dit. Est-ce qu'on est sûr que c'est une si bonne chose ? Et puis non, les joues, les bras, il a grossi comme un enfant qui va bien, et qui aurait repris du dessert. Et puis cet air calme, apaisé presque. Je n'ose pas, du coup, lui dire ce que j'ai appris et qui me déchire le cœur : les séances d'électricité auront désormais lieu tous les deux jours. Je sais sa terreur, depuis un mois qu'on est là, à chaque séance. Il en suffoque. Et, la dernière fois, il s'est tellement cabré qu'il s'est cassé deux côtes. Il faudrait peut-être que les docteurs trouvent un moyen de les lui administrer sans lui faire peur, sans le lui dire, en douce, dans son dos, dans son sommeil ? Il y a sûrement des moyens. Il ne faut pas qu'il souffre comme ça. N'empêche. Comment ne pas croire le docteur quand il me dit que c'est ce qu'il faut, que c'est la seule chose qui marche ? Il m'a dit ça, littéralement : « C'est la seule chose qui marche, Euphrasie. » Il s'est permis de m'appeler Euphrasie. Qui ne dit mot consent, je le lui ai donc permis aussi. Et je me suis laissé convaincre, dans la foulée, que son traitement était le bon. Qu'est-ce que j'ai d'autre à proposer, de toute façon, à part mes paniers de rutabagas ? Est-ce que nous sommes capables, moi, ou sa Génica, ou son Anaïs Nin, ou ses amis poètes, d'éloigner les Initiés, les envoûteurs et les empoisonneurs qui lui cherchent des noises et le torturent ? Non. Donc il faut être courageux. Il faut accepter le traitement en adultes, et ne pas tout exagérer, ne pas tout dramatiser, et arrêter de parler d'un « truc d'Allemands ». Voilà. C'est ce que je vais expliquer à Antonin. Tu es un homme, maintenant. Cette méthode a été importée d'Allemagne, c'est vrai. Mais en Allemagne aussi il y a des grands médecins. Leur méthode est reconnue dans le monde entier. Et tu as tellement de chance de pouvoir en bénéficier. C'est l'histoire d'une minute, ou une minute et demie, deux minutes au grand maximum, qu'est-ce que c'est, deux minutes ? Sois raisonnable, mon grand. C'est sans danger, on me l'a dit, redit et confirmé. C'est un peu impressionnant, mais tu ne risques rien. Tu es secoué dans tous les sens, brutalisé, chahuté, mais c'est ça qui te remet les idées en place, c'est le principe, tu ne cours aucun danger, mon chéri, tu es attaché à la table et rien ne risque de t'arriver. Tu comprends ? C'est de la science. Je sais que tu n'aimes pas la science et que tu dis qu'elle est une insulte à la pensée. Mais fais-moi confiance pour une fois. Ça s'appelle des convulsions épileptiformes et, qui plus est, on te met un tampon dans la bouche, parfois un torchon, pour empêcher que tu te mordes la langue, ou que tu te casses les dents, mais dans ton cas il n'y a pas trop d'inquiétude, tout est prévu, tu vois, tout. Ils capitonnent les électrodes qu'ils te placent sur les tempes et ils me jurent que les petites crises convulsives qu'elles provoquent ne laissent aucun souvenir. C'est un peu comme une naissance. Je ne devrais même pas t'en parler puisque tu ne t'en souviendras pas. Et le petit coma d'un quart d'heure ensuite te donne le temps de récupérer, c'est comme ça que commence ta reconstruction, tout est organisé, les docteurs savent, voilà ce que je vais lui dire. Et, aussi, que sept cents personnes en France, pas en Allemagne, en France, ont déjà bénéficié de ce traitement. On le saurait, si c'était mauvais.

Juste des petites pertes de mémoire : mais tu en as tellement en réserve ! Tu te souviens de tout, même de Marseille que tu détestais, même de ta première petite revue, tu avais quatorze ans, bien avant tes amis surréalistes, tu as toujours été en avance ! L'aliéné, pardon le patient, régresse un peu, c'est vrai aussi, et retourne à l'état de quasi-enfance : mais pourquoi pas ? Ça ne te fera pas de mal ! Ça calmera tes transes, tes inquiétudes, et moi je retrouverai mon Nanaqui !

*

Je plaisantais, bien sûr, hier. Mais enfin s'il fallait réapprendre des choses à Nanaqui, le rééduquer, je saurais me montrer pour le moins utile : les enfants, ça me connaît ! Et ça me reconnaît !

*

Il m'écrit qu'il est interné depuis sept ans exactement (comme si je ne tenais pas le compte, moi aussi) et que ces sept années ont été sept années d'éternité. Il ne se rendra donc jamais compte de rien ? Il termine en disant qu'il prie pour moi. Il doit penser que la guerre qu'il a menée contre la folie, contre les démons, la société et, aussi, contre moi, contre ses traitements et contre les médecins, est plus importante que la guerre atroce que nous autres, nous tous, avons dû endurer. Il pense, encore et toujours, qu'il est le seul à souffrir.

*

Il a écrit des articles, des recueils, donné des spectacles auxquels je n'ai pas assisté mais dont on m'a vanté l'originalité, il est un écrivain de renommée mondiale, et il est évident que les séances d'électricité, même si elles devaient continuer à un rythme soutenu, ne pourront lui faire que du bien. Je n'ai aucun doute là-dessus. Je n'arrive pas à lire tous ses livres. J'ai essayé. Mais ils sont trop habités pour moi, trop charnels, c'est comme aller dans les bas-fonds, ça me met mal à l'aise. Et puis parfois, surtout depuis l'enfermement, ou depuis la crise de Dublin, je ne comprends pas tout ce dont il parle. Pourtant c'est moi, n'est-ce pas, qui l'ai mis au monde ? Moi qui lui ai appris ses premiers mots, et à tracer ses premières lettres bâtons ? Et, maintenant, je ne comprends plus. Tout est opaque. Bizarre. Je ne comprends plus ce qu'il veut dire quand il dit que ce n'est pas vraiment lui qui écrit, que c'est une dictée. Ou quand il hurle que la vie n'est pas une solution, mais un poison. Ou quand il explique, lui si intelligent, qu'il est un imbécile mais que ça doit rester un secret. Peut-être qu'il est un oracle, mon Nanaqui. Un prophète.

On me dit aussi qu'il écrit sur la cruauté et le théâtre. Les deux à la fois. Alors je me demande : est-ce qu'il y connaît quelque chose, lui, si doux, à la cruauté ? Et il me vient une idée : si tout ça était une répétition ? un entraînement ? S'il jouait le rôle d'Antonin fou, s'intéressant à la cruauté ? Et si je devais jouer le jeu, moi aussi ? Et si, pour que ça cesse, je devais faire comme si on était vraiment au théâtre, jouer le rôle du public, applaudir ? Pour qu'il comprenne que j'ai compris. Et que ça va, c'est bon, il peut arrêter, enlever le costume, le masque grotesque, et dire au revoir à la pantomime. Rideau, mesdames et messieurs, veuillez regagner la sortie. C'est une hypothèse. La scène lui manquait, à mon petit. Maintenant, il est content, il l'a retrouvée, et il va bien. Ou peut-être que je ne comprends rien à rien et que le monde entier est un théâtre, et la vie tout entière, et que je n'ai qu'à me faire une raison ?

*

Antonin s'est remis à travailler. Je prie pour le bon docteur Ferdière et sa nouvelle méthode de thérapie par l'art, et pour mon Nanaqui, qui avale des quantités astronomiques d'hosties pour laver son organisme des péchés du monde.

*

Les amis d'Antonin ont fait paraître une nouvelle lettre dans la revue mal nommée *Cahier de poésie*, pour « dénoncer l'emprisonnement » d'Antonin. J'aimerais bien qu'ils me disent, ces « amis », ce qu'ils proposent, ce qu'il aurait fallu faire.

*

Antonin me demande des nouvelles de sa petite sœur Germaine. L'électrochoc d'hier lui a fait du mal. Je m'inquiète.

*

Aujourd'hui je n'ai tout simplement pas pu lui parler : il était très occupé à marteler, sans discontinuer, un énorme billot de bois. Ce n'est pas forcément mauvais signe.

*

Antonin m'a écrit pour me témoigner son affection et son respect filial. Il dit qu'il a dû me peiner souvent, et qu'il le regrette beaucoup. Il explique que sa période de crise est derrière lui ; et il tient à ce que j'oublie la maladresse de ses propos passés. La maladresse. Laissez-moi rire.

Je devrais être contente, mais je ne sais pas si je le suis. J'ai l'impression que ça arrive trop tard. Le mal est fait. Il a des larves dans le cerveau, maintenant. Ce n'est pas moi qui le dis, c'est lui.

*

Apparemment, les aliénés ici savent à peine qu'il y a la guerre – Nanaqui, lui, le sait, il n'est pas fou, donc il le sait, et il ne dit pas la guerre, il dit l'Apocalypse. En tout cas, à part lui, personne ne comprend rien à rien. Sans doute les médecins veulent-ils les préserver et leur éviter tout motif d'inquiétude. Il en faut plus (ou moins, ou autre chose) pour troubler mon Antonin. Lui, son idée, c'est qu'il faudrait que cette guerre, ou une autre, en finisse tout bonnement, et une bonne fois, avec le genre humain.

*

Le genre humain, ma foi, je ne sais pas. Mais si cette guerre pouvait au moins en finir avec toutes ces poules et ces cocottes que je vois traînailler aux alentours des casernes... Ma seule consolation, c'est que Rodez est loin. Et le bruit ne s'est pas encore trop répandu que Nanaqui est là.

*

Mon Antonaqui m'a fait porter un mot, ce matin, par le jeune homme, Denys-Paul, en charge de le promener. Il me tutoie. Il m'appelle ma bien chère maman, « comment vas-tu ma bien chère maman ». Et il signe Antonin Artaud. J'en pleure, j'ai l'impression qu'il est né une deuxième fois, qu'il est revenu, ressuscité, guéri, mon fils, mon petit garçon, je pleure tant que mon cahier est tout cochonné, j'ai envie d'aller le clamer, Antonin est revenu, mais je suis déjà mal vue dans le quartier, les voisins me regardent de travers, alors je suis partie, tout de suite, comme une flèche, sans me peigner, sans manger, et quand je suis arrivée il ne m'a pas accordé un regard, il avait complètement changé d'humeur, c'était un autre garçon, il était concentré à se pointer un couteau à différents endroits du crâne, en grimaçant de douleur et de plaisir. Devant mon effroi, l'infirmier, fatigué, a pris le temps de m'expliquer que ce n'est rien, juste une forme de médecine chinoise, une acupuncture occidentalisée, et que cela le soulage. Alors... Si ça soulage... Et vu qu'il est revenu...

*

Il va mieux. Il va pouvoir accéder à la deuxième série de traitements d'électrochocs-thérapie. Je maintiens que j'ai grande confiance en la science, et grande confiance en l'électricité. C'est Antoine-Roi, Antoine-Foi, Antoine-Loi, qui avait trouvé la première machine. Des électrodes partout sur la petite tête de Nanaqui. De l'azote, on m'avait dit. Ou est-ce que c'était de l'ozone ? Ou de l'électricité, déjà ? J'avais confiance. Dans le docteur. Dans la science. Et en Antoine-Roi. On ne pouvait pas le laisser comme ça, de toute façon, c'est ce que je me répète tous les jours. Quels parents auraient laissé leur fils de quatre ans avec des maux de tête à n'en plus finir, et voir double, et pleurer toute la nuit ? Alors vaille que vaille. Et voilà qu'après, il bégaie. Se bagarre avec Fernand. Se dispute avec Marie-Ange. Des colères, et qu'on le laisse seul, et qu'on fait trop de bruit, et qu'il a trop de bruits dans la tête. Ou alors c'était avant ? Je ne sais plus tout à coup. Je suis trop vieille. Trop fatiguée. Neuf enfants. Six morts entre Antonin et moi. Qu'il me reproche. Moi aussi. Ça m'épuise.

*

Quand je suis arrivée, Antonin n'était pas dans sa chambre, ni au réfectoire, ni nulle part, l'infirmier m'a dit d'un ton d'évidence : « Eh bien, mais il est à la messe ! » Voilà autre chose.

*

On dirait que la deuxième série d'électrochocs l'a vraiment rendu à lui-même. Il est propre, il ne crie pas, il ne fait pas de bruits bizarres, il va à la messe, il communie trois fois par semaine, s'asperge d'eau bénite quand il va à la cathédrale. Je n'ose y croire.

*

Aujourd'hui je suis venue le voir et il était presque gai. Il m'a lu un passage de son livre en cours, sur les Aztèques je crois, une merveille, bien écrit, il y mettait le ton, et j'ai repensé aux spectacles qu'il nous faisait, à Marie-Ange, Fernand et moi, dans le salon, c'était si beau, si intense, il était tout petit et c'était déjà bien dit. Il est encore très petit. À la fois immense et très petit. Ça doit être comme ça les grands écrivains. Il m'a expliqué ensuite qu'il abomine les surréalistes, qu'il respecte au plus haut point la Famille, la Patrie et la Religion. Peut-être se moque-t-il de moi, peut-être pas, peut-être est-ce le plan d'un livre en cours. Sur les surréalistes, il a raison. Enfin, il se rend compte.

*

Mon Dieu que son écriture est difficile à déchiffrer ! Je suis à Paris et il me remercie pour l'envoi des trois cents grammes de pain, des cigarettes Gauloises Maryland et du cake aux amandes. Mais il veut que je ne me soucie plus de sa nourriture. Je ne sais pas quoi penser. Trois cents grammes de pain… Il me remercie pour trois cents grammes de pain… Après, sa lettre continue de manière assez humiliante. Certes, il me remercie de lui être « fidèle » et « attentionnée ». Mais il dit que je suis « très âgée et en proie à bien des douleurs » et que c'est moi qui ai besoin de suralimentation. En conséquence de quoi il me prie de ne plus rien lui envoyer. Il répète que recevoir quelque chose de moi lui ferait honte et serait « un péché contre la vie ». Jamais une lettre de lui ne m'a autant contrariée. Je préfère encore qu'il soit fou et ne me reconnaisse pas. Dans l'ordre normal des choses (et puisque tout a l'air à sa place, à présent, dans sa tête) c'est la mère qui se prive, pas l'enfant. C'est la mère qui nourrit, qui apaise et qui soigne. J'aime quand les choses sont comme elles doivent être. Je vais lui envoyer un colis dès demain. Il ne résistera pas au chocolat.

*

Il en a assez d'être traité en aliéné. Mais moi, je ne l'ai jamais traité en aliéné. En fils fragile, oui. En fils aîné, aimé, en survivant, en poète, en exalté qui s'invente des vies, des mots et un passé, en enfant doué qui écrit, dessine des choses magiques, étranges et belles, choquantes, scandaleuses, brillantes, oui, oui, oui, c'est de moi qu'il tient ça, c'est moi qui lui ai appris à lire, écrire, penser, poétiser, et si toute la folie du monde est dans ses petits cahiers c'est parce qu'elle n'est pas complètement dans sa tête, c'est parce que je l'y ai logée et, ensuite, je l'en ai purgé, en m'occupant bien de lui, en le dorlotant, j'ai au moins réussi ça. Il a besoin qu'on s'occupe de lui, Nanaqui, il a besoin qu'on le materne, qu'on le protège des autres, de lui, de ses amis surréalistes, d'Éluard, des Allemands, du fantôme de son père, de tout le monde sauf de moi. Il y a des êtres comme ça. Ils ne sont pas armés pour la vie matérielle, la vie ordinaire, ils ont besoin de leur mère, toujours, même quand ils sont des poètes, des génies, des grands acteurs de cinéma et de théâtre. Les médecins ne comprennent pas ça. Ou ils font semblant de ne pas comprendre. C'est leur intérêt, après tout. S'il n'y a plus d'aliénés, il n'y a plus de médecins. S'il y a des maladies, c'est parce qu'il y a des médecins. C'est aussi simple que ça.

*

Rodez. Ce qui me fait plaisir, c'est qu'il a retrouvé son appétit d'enfant. À présent il a toujours une pomme dans la poche, un chocolat dans l'autre, la langue qui claque de gourmandise.

*

Il travaille beaucoup, Nanaqui. L'électrothérapie est en train de le sauver, quoi qu'il en dise, et malgré cette méchante fracture des vertèbres dorsales. Il s'en remettra. Il a traduit des livres de poètes anglais (je ne savais même pas qu'il connaissait l'anglais, apparemment il se fait aider d'un homme d'Église, un certain abbé Julien, qu'il faudrait que j'aille visiter d'ailleurs). Quelques-uns de ses travaux ont paru dans des revues. Il dessine et noircit des cahiers toute la journée. Il chante moins. Il n'insulte plus Dieu. Il continue d'aller à la messe. Il faut que je remercie le docteur Ferdière. Il faut que je lui fasse un cadeau. Mais quoi ? Est-ce qu'il aime les chocolats ? Les caramels ? Un livre de Nanaqui, lors de mon prochain retour à Paris ?

*

Le docteur Ferdière m'assure qu'il fait tout ce qui est en son pouvoir pour remettre Antonin sur le chemin d'une vie normale. Il a l'intention de le « rendre à la vie civile ». Cela me semble un peu exagéré, ou prématuré, en tout cas très optimiste. Me le rendre à moi, à la limite, d'accord. Mais à la société ? Avec toutes ces drogues en circulation, ces énergumènes, ces nazis, ces dangers partout, et puis les tentations, les pervers, les bombardements, les pénuries, les prostituées, la guerre ? Il y a plus de fous à l'extérieur qu'ici, à Rodez, voilà ce que ces quelques années de soins m'ont appris. Je suis sûre qu'Antonin serait d'accord avec moi. Et je m'étonne que quelqu'un de sensé comme ce bon docteur l'imagine réellement livré à lui-même, comme avant, dans ce pays en perdition. Sans doute croit-il me faire plaisir. Il m'effraie, plutôt. Et je devrais le lui dire. Je donnerais tout, je donnerais ma vie, pour qu'Antonin aille réellement mieux, qu'il ne souffre plus, qu'il mène la vie paisible à laquelle chacun de nous a droit. Mais je sais également, les mères savent, les mères savent mieux que quiconque, qu'il est plus en sécurité ici, avec des infirmiers et des docteurs à disposition, nourri, logé, blanchi, la chapelle quand il en a envie, des livres à portée de main, du papier pour écrire, un autre pour dessiner, plutôt que brinquebalé dans tous les orages du monde. Le passé nous l'a assez prouvé.

*

J'ai entendu les gens parler. Du cas de mon fils. Et de moi. Ils ont insinué, ils ont sous-entendu, que je l'avais rendu malade exprès pour pouvoir ensuite le soigner. Donc être à ses yeux et aux yeux du monde une mère épatante. Une qui sauve. D'autres sont allés jusqu'à ajouter qu'à leur avis je l'avais sciemment empoisonné, dès l'enfance, dès le berceau, exprès pour ne pas le guérir et pour le garder avec moi, pour moi. Voilà ce que pensent les gens. Voilà les amis d'Antonin Artaud. Voilà, peut-être, ce que lui-même croit, explique, raconte, surtout si ces mauvais esprits le lui ont mis dans la tête. Est-ce que je sais, moi, qui il voit quand je ne suis pas là ? À qui il écrit quand j'ai le dos tourné ?

*

Eh bien, peut-être, ma foi. Je ne le pense pas mais, après tout, je n'en sais rien. J'en avais déjà perdu six. Il fallait bien que je m'accroche aux trois survivants. De tous, c'était Nanaqui le plus chétif, le plus nerveux, le plus malade déjà, celui à qui je me suis le plus attachée, forcément.

*

Il écrit encore un nouveau livre, depuis quelques jours : « Fragments ». C'est une très bonne nouvelle, mais Antonin vient de m'annoncer triomphalement ce matin qu'il a changé de titre, maintenant c'est « Pour le pauvre Popocatépetl la charité SVP, ésse-vé-pé ». Je suis circonspecte.

*

Antonin, me dit Ferdière, est redevenu Antonin Artaud. Je ne détestais pas quand il se faisait appeler Nalpas. Mais qu'il signe à nouveau Artaud, je sais que c'est un bon signe.

1944

Il a une chambre à lui, très convenable. Il est bien. Il travaille. Il a des feuilles, de quoi écrire, du tabac. Il se lave. Se rase. Il va à la messe tous les matins. Et il est aimable avec moi. Tout va de mieux en mieux.

*

Il se plaint de ce que les séances d'électricité lui font perdre la mémoire et qu'elles l'affaiblissent intellectuellement. Les docteurs ne nient pas ces effets. Mais ils savent qu'ils sont transitoires, et qu'au fond ce qu'Antonin ne supporte pas c'est de ne pas avoir son mot à dire. D'être forcé. Et ça ne lui plaît pas. Quelle blague ! S'il avait voulu avoir le pouvoir et être du côté de ceux qui décident, il ne fallait pas choisir d'être poète. Il fallait au moins passer le bachot. Mais non, les nerfs, les nerfs, les nerfs. Alors voilà, il est du côté de ceux qui créent, et qui souffrent. Et il doit obéir, un minimum, à ses médecins. De toute façon, si on écoutait tous les caprices des malades on ne soignerait plus personne. Il faut être raisonnable.

*

Après chaque séance d'électrochocs-thérapie, je note des effets secondaires dont personne ne parle et qui sont tout de même embarrassants. Quand il évoque la Vierge Marie, par exemple, ce qu'il fait fréquemment, je suis gênée rien qu'à l'écrire, il dit Verge Marie.

*

À Paris les bombardements n'arrêtent plus. J'ai déménagé rue du Commerce, dans une chambre mansardée, mais je passe mon temps à la cave par peur des bombes. Antonin ne connaît pas sa chance d'être couvé et choyé à la campagne, dans un cocon, un espace hors du temps et de la guerre, loin de tout, de la politique, de l'agitation, des affolements, il paraît que Desnos est enfermé dans un camp de concentration, et que le docteur Ferdière lui-même a dû se cacher avec sa famille. On ne trouve quasiment plus de pain. Plus de légumes frais. Plus de bas pour les dames. J'ai envoyé de l'argent à Antonin. Il va encore dire que je me sacrifie trop. C'est pas grave. C'est mon rôle.

*

J'ai fait demi-tour aujourd'hui en apercevant, spectacle terrifiant, une garnison de soldats allemands défiler en chantant aux abords de la cathédrale de Rodez. Il faut dire qu'on ne compte plus, dans le département, les attentats, les actes de sabotage, les distributions de tracts. Nanaqui est à l'abri.

*

Le débarquement des Alliés a eu lieu hier. Je ne sais pas si cela va changer quelque chose. Ça m'étonnerait. La population, ici, en Aveyron, est très tranquille.

*

Il me demande de parler pour lui au remplaçant du docteur Ferdière, d'insister, de jurer qu'il n'est pas fou, qu'il est en bonne santé, en possession de tous ses moyens. Il dit que j'ai le pouvoir de le faire délivrer. Je le sais, oui. Je suis au fait de cela. Mais pourquoi le ferais-je ? Pour mêler mon Nanaqui à tout ce climat d'arrestations, de déportations, de maquis ? Il est bien mieux là où il est.

*

C'est son nouvel ami, Denys-Paul Bouloc, qui m'a téléphoné pour me le raconter. Il s'est passé hier quelque chose de terrible. Les Allemands sont entrés dans l'enceinte de l'asile, ont désigné une trentaine d'aliénés, au hasard apparemment, ou selon des critères dont il n'a pas connaissance. Peut-être les plus atteints. Ou les Juifs. Ou ceux qui font du marché noir. Il avait une voix blanche, lointaine, pour me raconter la chose. Et je n'ai pas osé demander plus de détails. D'autant que c'est affreux, mais c'est la vérité : la seule chose qui compte, pour moi, c'est Nanaqui ; et Nanaqui, à cette heure-là, communiait à la chapelle avec l'abbé Julien, comme tous les jours, et il n'a donc rien vu ni rien su de tout cela. Bouloc m'a instamment recommandé de ne pas le lui dire. Il ne faut pas le perturber, surtout dans son état. Et donc ils les ont emmenés hors de la ville, dans un champ et, c'est horrible, ils leur ont fait creuser une tranchée dans laquelle, les malheureux, ils sont tombés quand ils ont reçu la balle dans la nuque. C'est sa foi retouvée qui a sauvé Nanaqui.

*

Antonin me fait parvenir une lettre me suppliant, toujours la même histoire, de l'aider à convaincre ses docteurs d'arrêter les séances d'électrothérapie. Je lui ferai croire que je ne l'ai pas reçue. C'est vraisemblable : il y a tant de lettres de lui que l'administration ne m'envoie pas !

*

Le docteur Ferdière est revenu. Les Allemands, apparemment, ne lui veulent pas de mal. Ils ne savent pas qu'il avait des relations, avant guerre, avec les poètes surréalistes.

*

Marie-Ange trouve que j'ai changé. Elle me dit que je suis dure, « maman, comme tu es devenue dure » ! Je ne sais pas. Peut-être. Peut-être qu'elle aimerait me faire enfermer, à mon tour, non chez les fous, mais chez les méchants, les féroces, les cruels, les mauvaises mères consanguines de mauvais fils nés fous. Ou demander au Bon Grand Docteur Napoléon-Ferdière de me réserver le même traitement qu'à sa pauvre vieille mère, dont il a « abrégé les souffrances » (ses souffrances à elle, vraiment ?) parce qu'elle était sourde et muette ? Et après, on dit que c'est moi qui suis dure... Ah ils me font rire, tous.

*

Antonin a reçu la première d'une nouvelle série d'électrochocs-thérapie, qui durera jusqu'en octobre. C'est pour son bien. C'est pour son très grand bien. C'est tout ce que je sais. Avec un enfant qui ne voudrait pas avaler un médicament qui pourtant va le sauver, on fait quoi ? On lui bouche le nez et, au moment où il ouvre la bouche par réflexe pour respirer, hop, on lui lâche le médicament dans la gorge. Toutes les mères savent ça. C'est le même principe, ici, en plus sophistiqué.

1945

Apparemment il écrit partout et à tout le monde pour qu'on vienne le chercher, le délivrer, le sauver. L'infirmier Bidule m'a tendu sa dernière lettre pour que je décide quoi en faire : elle est adressée « aux Bohémiens rebelles des Saintes-Maries-de-la-Mer, France ». Des Bohémiens, il ne manquait plus que ça. Je ne comprends pas bien. Il a tout ce qu'il lui faut, ici, il est publié, reconnu, il a un toit, des droits d'auteur, des traitements antidouleur, on s'occupe de lui, il reçoit qui il veut, il peut sortir se promener dans le jardin, le potager, la chapelle ou même la jolie cathédrale de Rodez. Il est bien traité, bien nourri, les gens sont agréables, le docteur Ferdière le traite en égal, sinon en ami, les autres aliénés ne lui cherchent pas d'embêtements, les revues de Paris viennent jusqu'à lui, on s'intéresse à lui, on le demande, pourquoi vouloir retourner à Paris ? Qu'y a-t-il à Paris qu'il ne puisse pas trouver ici ? Ici il est en sécurité. Il peut, sans risque, être lui-même. Alors non, je ne comprends pas. Et je me demande bien de quoi se mêlent tous ces étrangers qui croient pouvoir se permettre de juger la vie d'un fils et l'avis de ses médecins. Et de sa mère. D'autant que le docteur Latrémolière vient de m'informer que mon Nanaqui est en train d'écrire quelque chose qui s'appellera « Révolte contre la poésie ». Ça dit bien ce que ça veut dire. C'est pas contre sa mère qu'il se révolte, c'est contre eux, les Bohémiens.

*

La liberté, peut-être ? C'est la liberté, qu'il réclame ? Mais la liberté, la liberté, la liberté de quoi ? La liberté d'être pauvre, d'errer dans les rues, d'avoir faim, froid, de prendre de mauvaises drogues, de rencontrer des catins, la liberté pour quoi faire ? Et dans ses cahiers, dans ses notes, dans ses dessins, dans ses lettres, il n'est pas libre peut-être ? Il n'est pas libre dans ses textes qui sont publiés, lus, acclamés, « le plus grand poète vivant » ? Il n'est pas libre dans ses pensées ? Et, quand il m'a fait du mal, quand il m'a dit toutes ces choses méchantes, horribles, ces choses qui m'ont tuée, à petit feu, mot par mot, méchanceté par méchanceté, est-ce qu'il ne m'a pas tuée, méticuleusement, méthodiquement, avec style et poésie ? Est-ce que je suis libre, moi, d'oublier ça ? Est-ce que je suis libre de m'en remettre, de me refaire un cœur, d'exister ? Elle est où, la mienne, de liberté ?

*

Antonin n'en finit pas de rameuter (de manipuler) ses amis, qui maintenant s'appellent « le comité des amis d'Antonin Artaud ». Il en parle comme de ses « âmes choisies ». Il y a là Raymond Queneau, Roger Blin, Jean-Louis Barrault, Marthe Robert, un certain Théodore Adorno, Jacques Prévert, Jean Paulhan, Picasso, Henri et Colette Thomas, j'en oublie. Et, à tous, il se plaint de son internement et exige qu'on l'aide à sortir de Rodez. Je me demande bien de quoi ces gens se mêlent. Ça gronde, à Saint-Germain-des-Prés. On parle d'exil, d'incarcération ou, sans rire, de déportation.

*

Je sais qu'on m'incrimine. Ça m'est égal. Je sais bien, moi, qu'il ne faut pas qu'il sorte. Qu'il n'est pas guéri. Qu'il fait semblant. Qu'il ne guérira pas. Qu'il n'a pas sa place dans la société des hommes indépendants, libres, qui travaillent. Je sais bien qu'il ne sera jamais indépendant ou autonome et que la liberté est bien trop dangereuse pour lui. J'en ai discuté avec les docteurs Ferdière et Latrémolière. Eux aussi estiment que faire sortir Antonin maintenant serait tout bonnement catastrophique.

*

Les Antonistes ont publié un article dans une revue, à Paris, pour évoquer le « complet dénuement » de mon fils. Je suis blessée. Mortifiée.

1946

J'ai croisé, en repartant, une certaine Marthe Robert et un alcoolique du nom d'Arthur Adamov. Ce sont les plus zélés des Antonistes. Je pense qu'ils complotent quelque chose. Une cabale contre moi, peut-être.

*

Après tout, qu'ils fassent ce qu'ils veulent. J'en ai assez de lutter. Je suis vieille. Fatiguée. Usée. Qu'ils reprennent la main, tous, les Antonistes, les Artaliens, la bohème de Montparnasse et de Saint-Germain-des-Prés, les anarchistes, les bouffeurs de curés, les Bohémiens, ils vont bien voir, ah les vaches.

*

Je pense que tout ça, ce sont des simagrées. Antonin est très intelligent. Il a compris ce qu'on voulait de lui. Il sait que, pour que les médecins lui rendent complètement sa liberté, il doit se comporter différemment. Alors il s'adapte. Il écrit des choses qui ont l'air de tenir un peu plus debout qu'avant sur les éruptions du Popocatepetl, le Vésuve, ou la foudre atmosphérique, mais je sais qu'au fond de lui la folie est là, tapie, prête à ressurgir. Le docteur Ferdière, qui, avec sa science, est d'accord avec moi, dit qu'il a le « complexe d'Hamlet ». Il l'aime, sa folie. Il la chérit. Elle est à lui. Il ne supporte pas que qui que ce soit tente d'en prendre le contrôle. Alors il joue les dévots, les fils attentifs, l'ami courtois, l'amoureux froissé ou l'écrivain pressé, mais ce ne sont que des postures. Il veut me faire croire qu'une fois sorti il ne sera pas à ma charge, qu'il gagnera sa vie. Il m'a même prétendu, l'autre fois, que c'est lui qui me soutiendra, moralement et pécuniairement. Ha ! Laissez-moi rire. Celui d'avant n'existe plus : le vrai Antonin, maintenant, c'est le fou, le sans-dents, le grimaçant. Peu importe le costume, le déguisement, l'apparence, la supercherie. Mon Dieu, voilà que je parle comme les médecins, à présent. Ce n'est pas ça. Je suis réaliste.

*

Encore une nouvelle série d'électrochocs-thérapie.

*

Voilà. Ce n'était pas si terrible.

*

Si mes comptes sont justes, et je pense qu'ils le sont, Antonin a bénéficié de cinquante-huit séances d'électrochocs-thérapie, donc, oui, en effet, cinquante-huit petits comas. C'est vrai que c'est beaucoup. Mais il va incontestablement mieux. Il s'est remis à écrire comme un fou. Et d'après ceux de ses amis en qui j'ai confiance, il est en progrès, il écrit encore mieux qu'avant. Paul Éluard par exemple. Et le jeune peintre, Frédéric, qui lui tient compagnie à Rodez.

*

Dans une chaise longue. Aujourd'hui, comme je cherchais Antonin partout, on m'a dit qu'il était dans le jardin, et je l'ai trouvé se prélassant dans une chaise longue avec une grosse boîte de biscuits aux amandes (d'où viennent-ils ?). Cela aurait dû me faire plaisir, certainement. Mais le voir en vacances, offert béatement et entièrement au premier soleil de mars, pendant que ses amis restés à Paris jonglent avec les bus, les tramways et les tickets de rationnement, cela m'a quand même fait un vilain petit pincement au cœur. Cela dit, lui ne m'a même pas proposé de biscuits : je me demande bien qui, de nous deux, est le plus mesquin.

*

Son ami Robert Desnos est mort, seul, du typhus, dans un camp de concentration en Tchécoslovaquie. Je n'arrive pas à savoir si c'est juste avant, ou juste après, que les Russes aient libéré le camp. N'importe comment, il n'a pas eu de chance. Nanaqui non plus, qui a perdu un bon et vrai ami.

*

J'aime décidément beaucoup le docteur Dequeker, qui a été aussi surpris que moi par le nouveau retournement d'Antonin : après sa période pieuse il exècre à nouveau les religions.

*

C'est vrai qu'Antonin écrit et dessine tout le temps et partout, pour rattraper le temps perdu à souffrir à Ville-Évrard, il écridessine, il dessinécrit, tu vois, Antonin, moi aussi j'invente des mots, il a des centaines de cahiers et partout, dans sa chambre, à droite, à gauche, près du sol, sur les volets, sur la porte, il y a des dessins punaisés, des autoportraits en fantôme, hantant sa propre chambre, des autoportraits tourmentés, torturés, foudroyants, qui me prennent à témoin, m'accusent, me sondent le fond de l'âme et me disent : « Regarde ce que tu as fait, et ce que tu les as laissés me faire. » Il appuie tellement fort avec la pointe de ses crayons que, par moments, au niveau des yeux le papier est entaillé, ça fait des yeux morts. Que vont penser les gens ? je me suis dit. Et puis j'ai regretté. Une mère d'artiste ne devrait pas parler comme ça. Il y en avait un par terre, de dessin, en attente de sa punaise, sur lequel est barbouillé « Je chie sur le père-mère ». Je n'ai pas reconnu son écriture. Ce devait être une farce, une mauvaise blague de mauvais goût d'un infirmier facétieux ou d'un visiteur drogué de Saint-Germain-des-Prés. J'ai ramassé le dessin misérablement attaqué, je l'ai fourré dans mon cabas et, en rentrant, devant la maison de l'imprimeur Subervie chez qui j'ai fait une halte, je l'ai jeté dans une grande poubelle publique. Heureusement que je suis là. Je le protège. Il a toujours des carnets plein les poches, mon Momo. Il écrit en mangeant, maintenant. En marchant. En parlant. Il écrit en se levant et il écrit dans son sommeil. Il écrit comme je respire. Il a même écrit, m'a dit le docteur Truc, je les mélange, tous ces médecins, trop de médecins, en se battant avec un des crétins des Alpes qui partagent son quotidien. Je n'ai pas lu ses livres. Sauf le premier, *Tric Trac du Ciel.* Mais il m'assure que ce n'est pas lui qui l'a écrit. Tant mieux. Car il y parle de « celle qui couche dans son lit et qui partage l'air de sa chambre ». Et c'est le genre de choses dont je ne veux pas être témoin. De toute manière, je ne les lirai pas. Du reste, il ne me les a pas offerts.

*

À l'hôtel Broussy, lors d'une de ses promenades, il aurait rencontré une certaine Betty. Et on me dit qu'elle lui plairait. À surveiller.

*

Il est sorti. Ils l'ont laissé sortir. Sous l'influence de qui ? Et grâce à quelle duplicité ? Il est perdu, cette fois, complètement perdu. Je rends mon tablier.

*

Que reste-t-il de Nanaqui ?

*

Je devrais faire parler mon âme, me laisser aller au chagrin, à l'inquiétude, me servir de mes dernières forces pour agir, le sauver encore une fois, mais je n'ai plus de chagrin, plus d'inquiétude, mon âme est morte et, depuis longtemps, je n'ai plus de fils. Il est temps que je pense à moi.

*

Ils ont réussi à me voler mon fils. Ces trois bandits. J'ai nommé : Paule Thévenin, Arthur Adamov, Marthe Robert. Car j'ai fait mon enquête. Ils ont embobiné le docteur Ferdière, sont passés outre les questions administratives et la simple correction qui aurait dû leur faire me demander de signer une autorisation. Je suis tout de même sa mère, sa responsable légale. Ils lui ont trouvé un « lieu d'accueil », dans une « maison de santé ». Un endroit où il peut aller et venir à sa guise et croire que tout va bien, que tout est normal, que personne n'est fou et, en tout cas, pas lui. Ils le logent, ils le payent (une pension gérée par eux ou par l'un d'eux, obtenue grâce à une vente aux enchères et de généreux « donateurs »). Ils le droguent (on me parle non de laudanum, mais de cocaïne et d'héroïne : je pense qu'on a vraiment quitté le registre du médical) et ils le mettent à leur disposition, le sortent, le montrent, l'exposent, le cachent, le manipulent. Mon Nanaqui est si candide. Et si bon. Il doit certainement croire que ces trois-là sont ses amis. Il paraît qu'on lui a tendu les clefs de sa nouvelle cage en lui disant : « Cher ami, vous êtes ici chez vous. » Mais bien sûr.

*

C'est grâce à l'entregent de ses amis haut placés qu'Antonin a pu être sorti (« libéré », disent-ils) de l'asile. C'est peut-être bien, après tout, et peut-être que c'est moi qui me trompe, puisque le docteur Ferdière a donné son accord.

Mais l'a-t-il vraiment donné ? Peut-être l'a-t-il vendu, ou peut-être en avait-il tout simplement assez de ce patient inguérissable et encombrant que tout le monde réclame à cor et à cri, dans la presse, dans les universités, dans les théâtres ? N'a-t-il pas mis mon Antonin dehors sur la pression du Tout-Paris ? Ce Tout-Paris chic et cossu qui ne connaît rien à la maladie, la vraie, ce Tout-Paris de vauriens qui prennent la folie pour une coquetterie de poète, une astuce pour se faire remarquer et publier, un costume qu'on enlève à sa guise quand on rentre chez soi ? Mon Antonin n'a pas de chez-lui. Mon Antonin ne se déguise pas. Mon Antonin n'est pas adapté au monde. Je sais très bien comment cela va se passer, ce sera exactement comme avant. Il sera hébergé chez les uns et les autres, rue Jacob, ou au-dessus de la galerie Pierre rue des Beaux-Arts, les gens vont lui trouver du génie, il est tellement charmant, intelligent, prévenant, il a toutes les qualités, on lui fera la fête – comment a-t-on pu enfermer cet homme-là pendant neuf ans ? Neuf ans ! – ils vont psalmodier avec lui, ils chanteront, ils éloigneront les esprits et chasseront les démons, c'est très distrayant de jeter des sorts et de chasser les démons, et puis ils partageront un peu de laudanum qui détend, de cigarettes qui font rire, et ça causera poésie,

Baudelaire, Allan Poe, Gérard de Nerval, Lewis Carroll, « comment vous portez-vous cher ami » par-ci, « je suis votre obligé » par-là, on fera le tour du salon à cloche-pied, on dira un peu de mal de moi, et des médecins, et de tous ceux qui ne pensent qu'à assainir le talent, guérir le génie, museler l'intelligence, et puis on rira, ça oui on rira beaucoup, même sans dents, même la gueule noire, la guerre est finie, Desnos n'a pas été déporté, Denoël n'a pas été assassiné, tout va bien, la vie est une farce réinventée chaque soir et chaque matin, je n'invente pas, on me l'a dit, je ne fais que répéter ce qu'on m'a dit qui se disait et puis Antonin se mettra à se curer ses dernières dents avec l'argenterie, à pisser sur le tapis, à cracher aux quatre coins cardinaux, à se moucher dans la nappe, à maculer les murs d'encre pour ennuyer les Initiés, je le sais, oui, je le sais très bien, et puis quand tous les voisins se seront plaints, on l'enverra distraire et charmer quelqu'un d'autre, une fois les Adamov, une autre les Roger Blin ou les Dubuffet, et quand il aura épuisé tout le monde il retournera coucher d'hôtel en hôtel, dans les sous-sols des théâtres, sur les bancs publics, comme avant. Il n'y a que moi qui puisse le supporter dans cet état, tous les jours, à toutes les heures du jour et de la nuit. Moi, qui l'ai mis au monde allaité soigné couvé torché lavé brossé compris aimé. Moi, et peut-être le docteur Ferdière.

*

Je me souviens, c'est drôle, je me souviens de sa première dent, en bas de sa petite mâchoire de bébé. Il avait cinq mois. Elle était mignonne. Toute petite. Toute blanche, nacrée : une perle. Et voilà, je pleure. Quelle idiotie, ce cahier. À quoi ça sert, de se souvenir. C'est de la torture mentale. Je me déteste.

*

D'ailleurs, ils disent qu'ils l'aiment, ils clament qu'ils l'aident, ils expliquent qu'ils le comprennent, qu'ils l'ont sorti de mes griffes et de celles de l'enfer et d'une geôle infâme où croupissait son génie. Mais ils lui ont interdit l'accès au théâtre Sarah-Bernhardt où le même Tout-Paris se pressait, hier, pour une représentation donnée en son honneur. Pour le protéger, soi-disant, de la curiosité malsaine, de la bêtise humaine, pour ne pas embarrasser le poète. Mon petit. Foutu dehors par ses admirateurs mêmes. Louis Jouvet. Monsieur André Gide. Picasso. Colette Thomas. André Breton. Ou est-il allé, mon petit ? Qui l'a consolé ? Pas moi, en tout cas. Il n'a pas cherché à me joindre. Il n'a plus besoin de mes colis. Il n'a plus besoin de me convier puis de me chasser, de me remercier puis de m'insulter, il n'a plus le temps, il a retrouvé une vie, une vie sans moi, une vie dans laquelle je n'ai plus ma place. Du balai, Euphrasie !

*

Antonin croit pouvoir se passer de moi. Une certaine Paule Thévenin omniprésente. On me dit qu'elle s'occupe de tout. Secrétariat, intendance tendance bonniche, il semblerait même qu'elle ait des notions de psychiatrie. Comment est-ce qu'elle lui a mis le grappin dessus ? Qu'espère-t-elle en retour ? Peut-être qu'elle se voit déjà en future propriétaire ? Elle n'aura qu'insultes, désaveux, humiliations et pipi de chat, quelqu'un devrait la prévenir.

*

Je savais bien qu'il n'aurait jamais dû sortir. J'ai appris qu'il déambulait dans Paris en psalmodiant, de café en bar à la mode, le jour, la nuit, seul. C'est bizarre, peut-être est-ce l'habitude, ou l'âge, ou trop de souffrances, mais cela ne m'a pas fait de peine, ni de mal, ni rien, cela ne m'a rien fait. Tant pis pour lui, je me suis dit.

*

Je me suis réveillée en sursaut et en nage : qui le nourrit ? Qui nourrit Nanaqui ?

*

On me dit qu'il fréquente une théâtreuse, une certaine Colette Thomas, que j'ai croisée avant guerre, qui était mariée et ne me paraissait pas représenter un quelconque danger. Il semblerait qu'Antonin et elle se soient pourtant entichés l'un de l'autre, on parle même de relation « passionnée », elle était à Sarah-Bernhardt l'autre jour – moi qui pensais qu'au moins de ce côté-là, et dans l'état où se trouve Antonin, nous étions tranquilles !

*

Je ne devrais pas avoir à me soucier de ça, je ne devrais plus avoir à me soucier de rien, j'ai eu ma part, mais il paraît qu'Antonin ne s'alimente presque plus. Il refuse. Il dit que manger est un péché, une obscénité pire que la fornication. Moi, je pense que c'est, surtout et encore, un moyen de continuer, même de loin, à m'enquiquiner.

*

Quand on a été acteur dans *Jeanne d'Arc*, on ne s'affiche pas avec une Colette Thomas. Question de dignité. Et de niveau.

1947

Peut-être que je suis devenue méchante. Et alors ? Qu'est-ce que ça peut faire ? J'ai le droit. C'est ma liberté. Il y a des gens qui deviennent fous, paranoïaques, cancéreux, alcooliques, colériques, atrabilaires, diabétiques, rebelles, surréalistes, communistes, existentialistes, pédérastes, psychanalystes, collabos, et si, moi, ma réponse au malheur c'était la méchanceté ? Chacun fait comme il peut. Puisqu'il ne m'a pas été permis de prendre ou, au moins, de partager la douleur de mon petit, il m'est resté ça : la méchanceté.

*

Je m'ennuie. Vide est ma vie. Petite, toute petite, misérable. Une vie qui ne sert à rien et qui ne manque à personne. Une vie pour rien.

Une vie pour personne. Une vie en trop, superflue, une vie sans Nanaqui.

*

J'écris de moins en moins dans ce cahier. Mais, hier soir, Antonin donnait une conférence au théâtre du Vieux-Colombier. Personne ne m'avait invitée. Il ne m'avait pas invitée lui non plus. Je ne lui en veux pas. Je ne lui en veux plus de rien. Je comprends. À Rodez, ou même à Ville-Évrard, c'était facile. Je n'avais pas à le chercher. Il n'avait pas à m'inviter. J'étais sur place. Il était sur place. On était tous les deux fidèles au poste, le fils de sa mère, la mère au chevet de son fils, tout était clair, délimité. Aujourd'hui tout a changé. J'ai dû m'inviter moi-même. Je me suis dit que c'était la dernière fois et que jamais plus je ne le ferais. Mais c'était une soirée spéciale. Je savais que ses amis y seraient. Les journaux avaient annoncé l'événement et disaient que ce serait sa « consécration ». Je n'en croyais pas un mot. Mais je suis encore sa mère et je ne pouvais pas manquer ça.

Le théâtre est bondé. Il y a tant de monde que certains sont debout, d'autres n'ont pas pu entrer du tout et sont restés, dehors, à attendre on ne sait quoi. Tous ces gens entassés n'ont aucune idée de qui je suis. Je sais, moi, par contre, qui ils sont. Je sais pourquoi ils sont venus. Ils viennent au spectacle de la folie, au Grand-Guignol de la douleur, ils viennent voir l'image d'une famille frappée par le malheur. Antonin croit sans doute – si tant est qu'il croie encore quelque chose – qu'on est venu l'applaudir. Mais non. C'est eux qu'ils sont venus applaudir. Leur esprit ouvert et généreux. Leur altruisme moderne. Leur bonté.

À neuf heures, quand on a frappé les trois coups, Antonin apparaît dans la lumière. Il ne fait rien. Il ne dit rien. Il a l'air d'un animal apeuré, sorti du fond de sa cage. Il est juste là, mangé de tics, maigre à faire peur dans son pantalon plein de trous de cigarette, et sa veste râpée, et le vide béant de sa bouche. Il a encore moins de dents que la dernière fois, je me dis. Ce jour-là, il lui en restait une en or, au fond, branlante, qui brillait et narguait les Initiés. Alors que, là, même si je suis assise un peu loin, je jurerais que la dent en or a disparu. Il a les yeux blancs, révulsés. Et il est vieux, si vieux, toute sa beauté ruinée, voûtée, émaciée, tellement plus vieux que quand il a quitté Rodez, plus vieux que moi, plus vieux que la vieillesse, il n'a que cinquante ans et il a l'air d'un très très vieux bébé. Pour la première fois, moi qui l'ai suivi dans tous ses hôpitaux, je comprends de quoi il est malade. Pas une maladie de l'âme. Pas le mal des poètes. Pas le mal des nerfs. Ni celui dont est mort Antoine-Roi. Nanaqui est attaqué par un démon, mangé par autre chose que lui, dévoré.

Les Antonistes et leurs fidèles, en attendant, sont au comble de l'excitation. Les tousseurs toussent. Les moucheurs se mouchent. Les plaisantins plaisantent (« Tiens-toi tranquille, mon vieux, sinon on t'envoie neuf ans à l'asile ! »). Et Antonin, paralysé, muet, les yeux caves, la bouche ouverte sur ses non-dents, reste de longues minutes hébété. Les gens semblent enchantés. Ils croient que c'est un rôle et trouvent que ça ne commence pas trop mal, que c'est une bonne mise en bouche de dinguerie, qu'on est en plein théâtre de la cruauté. Moi qui le connais, je vois bien qu'Antonin ne comprend absolument pas où il est ni ce qu'il fait là. Quand je pense qu'il aurait pu être près de moi, à Marseille, ou avec le bon docteur Ferdière ! Mais non, il est là, vendu comme un animal de foire, poussé et exhibé sur scène par tous ces snobs, pire que nu, démuni à en crever, une épave, une loque, un clochard, j'ai honte.

À un moment il ouvre la bouche pour parler. Le public fait « Oh ». Puis « Ah ». Mais rien ne sort. Il semble à l'agonie, comme dans les pires jours de Ville-Évrard. Et, au lieu de la conférence qu'il a dû, scrupuleux comme je le connais, passer des jours à préparer, il se met à baver, grimacer, souffrir en public, trembler. Et les spectateurs, ravis, pensent : le voilà, il est là, c'est le monstre, la bête suave, le rescapé, comme c'est intéressant, comme c'est beau la folie, comme c'est sublime n'est-ce pas ! Dans le regard de mes voisins chic et bien habillés je vois l'effroi et la joie. On leur a promis du vrai, de l'authentique, du torturé, du qui ne fait pas semblant, du qui souffre et qui saigne – et ils se disent : on est servis !

C'est peut-être ça, le théâtre de la cruauté. Cette fameuse cruauté à laquelle je n'ai jamais rien compris, parce que je croyais que c'était une façon de parler, elle est peut-être là, sous leurs yeux et les miens. La salle attend vraiment de la douleur, de la méchanceté, sans doute un scandale, peut-être une bagarre, une crucifixion sur scène, le sang de mon poète à moi, du guignol. Ils ont payé pour ça. Cent francs tout de même. Trente pour les étudiants. Ils sont au contact de la bête. Ils la sentent. Ils s'en imprègnent. Ils savent qu'ils vont rentrer chez eux grisés, frémissant de leur propre courage, contents de se savoir ouverts à l'étrange, avancés, intelligents, résistants, retour de barricade, héroïques. Et puis, comme Antonin ne dit toujours rien, comme son supplice a l'air de s'éterniser, son soi-disant ami André Gide bondit sur la scène pour le prendre dans ses bras, l'embrasser, lui pleurer dessus et lui voler un peu de son pauvre succès, de sa petite lumière en train de s'éteindre, en prendre un bout pour lui, l'air de rien, en passant, une accolade fraternelle, entre poètes ça se fait. La salle applaudit. Bravo la solidarité ! Bravo le fou, bravo la douleur, bravo le malheur et bravo le courage de monsieur Gide qui se jette dans la fosse et en prend vaillamment sa part. Bis ! Bis ! Il n'y a guère qu'André Breton, deux rangs devant moi, mais peut-être n'est-ce pas lui, qui semble exaspéré, se prend la tête dans les mains et ne lève quasiment pas les yeux vers la scène. Je ne m'attendais pas à ça de lui. C'est bien la seule chose qui, dans cette soirée, a pu me consoler un peu.

À un moment, Nanaqui paraît se réveiller. Lui que tout dégoûte, lui qui déteste le contact physique et les gens qui le touchent, je suppose qu'un baiser de ce dégoûtant de monsieur Gide, de ce pédéraste, de ce maniéré, ça a dû l'électrifier. Alors, il ramasse ses notes qui sont, entretemps, tombées par terre et il commence à lire. Là, il redevient un peu acteur. Tout doucement, le métier revient. Mais, en même temps, moi qui le connais, je vois les ficelles, les masques et les re-masques, l'art de faire trembler les mots. Comédie, j'ai envie de crier ! Comédie ! Comédie ! Il raconte l'enfermement abusif, l'hôpital prison, les chiens, non, pardon, les médecins policiers, l'injustice, les électrodes, bref, sa vie. Le public est choqué, l'enfer sur Terre et bla-bla-bla, les traitements inhumains et patati et patata. Il peste contre la société qui enferme les génies, qui crucifie les poètes, qui censure le talent. Culpabilité générale, grondent ces fumistes ! Tué par la société ! Mais c'est moi qui suis visée. C'est moi la vraie responsable. C'est toujours la faute des mères, dit Nanaqui lui-même, tandis que, retrouvant un peu d'énergie, il menace le public d'un poing vengeur. Ça tombe bien : je suis là, dans la salle, pour recevoir l'outrage. Est-ce qu'il le sent ? Est-ce qu'il le sait ?

Un homme se lève pour applaudir. Une femme, près de moi, s'essuie les yeux. Une autre, je crois que c'est Maria Casarès, de quoi se mêle-t-elle, se mouche bruyamment. L'horrible Colette Thomas fait comme si elle se trouvait mal et puis, coup de théâtre, se ressaisit et lance, elle aussi, les applaudissements comme une gosse hystérique. Et c'est toute la salle qui explose tandis qu'Antonin, comme à son habitude, se met à péter, grogner, éructer. En direct de Rodez ! Un écrivain fou, en train de menacer le ciel, Dieu, le monde entier, le Jugement dernier, les anges et les démons, la police ! Si la lumière se rallumait à cet instant et que les gens voyaient qu'elle est là, au milieu d'eux, la traîtresse, l'empoisonneuse, la mère indigne et abusive, la sorcière qui a permis, voire exigé, les cinquante-huit séances d'électricité, les cinquante-huit crucifixions sur la croix de la société normale, je pense qu'ils me lapideraient, là, sur place, sur-le-champ. Il est minuit. Il est temps, me dis-je, de partir en douce, sans se faire remarquer, salut le tribunal, salut mesdames et messieurs les juges. Mais je n'arrive pas à me lever. C'est moi, maintenant, qui suis trahie par mon corps. Mes jambes ne répondent plus. Est-ce Antonin qui m'a jeté un sort ? Peut-être, après tout. Peut-être qu'il est vraiment sorcier.

Un dernier tonnerre d'applaudissements de ces voyeurs qui n'ont pas de fils fou, qui n'ont jamais eu à choisir, décider, renoncer, qui n'ont jamais été répudiés, chassés, niés, piétinés par l'être qu'ils aiment le plus au monde. Un dernier concert de sifflets de tous ces bienheureux qui ne savent rien du malheur, de la douleur, de la vraie misère de la vraie maladie mentale, celle qui ne devrait pas exister, cette union de l'âme et du corps dans la souffrance dont je suis la seule à avoir été martyre et témoin… Quand tout ça est fini, quand ils considèrent qu'ils ont eu leur compte, qu'ils ont été assez bernés comme ça par le théâtre, son double, l'oreille de Van Gogh, les mots comme des bombes, Dieu et le Diable, et qu'il est temps de retourner, bien au chaud, chez eux, reprendre leur petite vie, ils commencent à quitter la salle. « C'est admirable… » « Quel courage… » « Prodigieux… » « Artaud est un mage !… » « Ferdière est un tortionnaire !… » Et moi toujours gluée, figée sur mon siège… Une snob à chapeau s'approche de moi, je sens son parfum musqué de cocotte, et elle me susurre, de sa bouche en cul-de-poule : « Je sais qui vous êtes », avant de s'éloigner dans un nuage de stupre et de bêtise.

1948

Aujourd'hui, dans la rue, quelqu'un m'a craché dessus.

*

Je n'ai aucune nouvelle directe. Mais il écrit de temps en temps à Marie-Ange, qu'il vouvoie. Il a des ennuis de santé médicaux. Je veux dire des ennuis réels et des misères physiques. Marie-Ange doit l'accompagner passer des radios. Elle croit me rassurer en m'expliquant que, si Antonin ne m'écrit plus, c'est pour me préserver, me protéger, me ménager. À d'autres ! Comme si, à mon âge, j'allais avaler de telles sornettes. Il ne m'écrit plus parce qu'il a trouvé d'autres mères, d'autres poires, à commencer par cette Thévenin dont la tête ne m'est jamais revenue.

*

Quand il est né, pur et neuf dans ce monde immonde, Antonin était le plus beau bébé de l'hôpital. Il a toujours haï son corps et son corps le lui a bien rendu qui l'a tué de la manière la plus obscène qui soit. Il est mort hier, à cinquante-trois ans, sans que je puisse le revoir, le serrer dans mes bras, embrasser sa joue sèche, il est mort comme il pensait qu'il était né et comme il a vécu, dans sa propre défécation. Il m'avait dit qu'il ne mourrait jamais. Il me l'avait juré. Et, pourtant, il est mort et moi je suis vivante. Il est mort et, maintenant, c'est moi qui souffre pour lui, pour moi, pour nous, c'est mon tour, c'est moi la démente, la folle de douleur, les hurlements sont dans ma tête et dans ma tête les démons. Enfin, mon Nanaqui, il était temps, à tout de suite.

*

J'ai retrouvé une lettre de Nanaqui. Je la recopie ici. Peut-être qu'un jour, quand j'aurai le cœur moins sec, je la comprendrai mieux. « Oh ! maman, je t'aime plus que tout au monde, je t'aime et le remords de ma faute me torture, je suis fou. Je suis un monstre, mais pardonne. Je regrette et je pleure, fais-moi penser à l'amour que je te dois pour que je devienne bon. Dieu faites que je me corrige. Oh maman je t'aime. Nanaqui qui t'aime plus que tout au monde. Je t'aime plus que tout au monde maman. »

Il m'avait aussi apporté un bouquet de roses. C'était boulevard de la Madeleine à Marseille, je m'en souviens, il avait quinze ans, mais quelle était sa faute ? Je ne sais pas. Sûrement pas grand-chose. Peut-être qu'il m'écrivait d'avance, pour se faire pardonner les ignominies d'aujourd'hui et le calvaire que j'allais endurer. Je ne lui pardonne pas. Je ne me pardonne pas. Je ne pardonne à personne. Je ne sais plus qui je suis. Je n'ai pas mal. Je ne souffre pas. Peut-être que je suis morte, je ne sais pas.

Cet ouvrage a été composé
par PCA
et achevé d'imprimer sur Roto-Page en août 2021
par l'Imprimerie Floch à Mayenne
pour le compte des Éditions Stock
21, rue du Montparnasse, 75006 Paris

Stock s'engage pour l'environnement en réduisant l'empreinte carbone de ses livres. Celle de cet exemplaire est de :
450 g éq. CO_2
Rendez-vous sur www.editions-stock-durable.fr

PAPIER À BASE DE FIBRES CERTIFIÉES

Imprimé en France

Dépôt légal : septembre 2021
N° d'édition : 01 – N° d'impression : 98835
48-51-2194/7